Sans réseau, c'est l'horreur !

Illustration de couverture : Magalie Foutrier
Direction de collection : Judith Peignen

14 bis, rue des Minimes, 75003 Paris
www.playbac.fr

Irène Frain

Sans réseau, c'est l'horreur !

playBac

Pour C.

Chapitre 1
Le paradis pour mes treize ans

– Tom ! Devine ce qu'on t'offre pour ton anniversaire !

Je ne réagis pas. Comme tous les matins, je suis mal réveillé.

C'est d'ailleurs à cette habitude qu'on me reconnaît, en plus de mon inséparable casquette bleue, de mes cheveux blancs à force d'être blonds et de mon tee-shirt où s'étale en grandes lettres rouges le nom de Mick Fanning, mon champion de surf préféré. Tous les matins, il faut me tirer du lit.

Et pendant au moins une demi-heure, je suis complètement comateux, comme dit ma mère. J'en oublie les plus chers de mes amis : ma tablette et mon portable.

Surtout mon portable. Lui, je ne m'en sépare jamais. Je l'adore. Si vous saviez comme je le chouchoute ! Encore plus que mon chat. Je lui ai trouvé une coque magnifique. Couleur turquoise, comme la mer qu'on aperçoit au bout de notre jardin.

Elle valait une fortune : un mois d'argent de poche. Ça ne m'a pas arrêté, je l'ai achetée.

À la veille de mon treizième anniversaire, mon portable, c'est vraiment mon meilleur ami. Et beaucoup plus. Il dirige ma vie, toute ma vie.

Il faut me voir ! Chaque soir, au moment de me coucher, je programme son alarme pour qu'il me réveille. Et quand je m'endors, c'est la main refermée sur mon téléphone adoré.

À ce moment-là, il est très tard : avant de céder au sommeil, j'ai passé des heures à discuter avec mes copains, Luke et Jonathan. Par textos, pour que mes parents n'entendent pas. Je parle surtout avec mon amoureuse, Jessie, dont les cheveux sont presque aussi blonds que les miens.

Du coup, le lendemain matin, l'alarme peut couiner tant qu'elle veut, pas moyen de me réveiller. Ou alors je l'entends, mais je me rendors. Si ma mère ne vient pas me secouer, je ne sors pas du lit avant midi. Et encore ! Il faut qu'elle insiste, qu'elle me bouscule, me tire par les pieds. C'est grâce à elle que j'arrive au collège avant la fermeture des portes.

Ce matin, quand elle me parle de mon cadeau d'anniversaire, on est dimanche, pas de cours. J'ai pu dormir très tard. N'empêche, je suis mal réveillé. Ma mère et mon beau-père, Mark, se sont eux aussi levés tard. Mes petites sœurs, les jumelles Zoé et Lucy, dorment encore.

Donc, grand calme dans la cuisine. Je suis mort de faim, seul compte mon bol de céréales au chocolat. Même quand ma mère prononce le mot « anniversaire ».

Ça l'étonne, elle plaisante :

– Tu as oublié que tu auras treize ans dans une semaine ?

– Mouais…

– Et tu ne devines pas ce qu'on va t'offrir comme cadeau ?

Au mot « cadeau », j'ouvre un œil. Puis mon cerveau se remet en marche, péniblement, comme un vieil ordi. Pourquoi ma mère veut-elle que je devine ce qu'on va m'offrir ? C'est bizarre ! Et ça va tout gâcher !

Ou alors c'est une nouvelle méthode pour me réveiller ? Parce qu'elle s'entête :

– T'es vraiment une marmotte ! Tu ne vois vraiment pas ?

Elle ne peut pas attendre que j'aie fini mes céréales ? Je me mets à grogner :

– Bon alors ? Tu me le dis ? Parce que moi, hein, le matin…

– Mais enfin, Tom ! La semaine dernière, tu m'as encore dit que tu rêvais de prendre des cours de surf ! Ou j'ai mal entendu…

Des cours de surf ! C'est ça, mon cadeau ?

Dans la seconde, j'ouvre les yeux :

– Waouh ! Des cours de surf !

Ma mère éclate de rire :

– Ça y est, j'ai trouvé la formule magique pour te réveiller ! À partir de maintenant, le matin, au lieu de te tirer par les pieds, je dirai : « Cours de surf ! »

Je suis saisi d'un doute affreux :

– Ah, tu as simplement dit ça parce que tu me trouves endormi ?

– Mais non, voyons ! Et tu ne sais pas tout…

Tu ne sais pas tout… Pourquoi cet air très sérieux,

soudainement ? Qu'est-ce qu'elle a en tête ? Après la bonne nouvelle, va-t-elle m'en annoncer une mauvaise ?

Ou elle me fait une farce. Elle peut être très malicieuse, ma mère.

Non, c'est impossible, elle ne peut pas plaisanter avec le surf. Elle le sait, pour moi, le surf, c'est du sérieux. Et même du sacré.

Par exemple, la crise que j'ai piquée le jour où mon tee-shirt préféré, celui où s'étale la photo de Mike Fanning, est ressorti abîmé de la machine à laver ! Ce que j'ai pu hurler ! À la maison, tout le monde s'en souvient. Ma mère sait aussi que je rêve de passer les week-ends et les vacances sur une planche depuis qu'on s'est installés à Sydney, en Australie.

Le problème, c'est qu'ici, avant de pouvoir faire du surf, les jeunes de mon âge doivent prendre des cours.

Des vrais cours, pendant des stages de quinze jours ou trois semaines, dans de vraies écoles. Ces stages ont lieu pendant les vacances. Et ma mère n'a jamais voulu m'y inscrire. Chaque fois que je le lui ai demandé, elle m'a fait la même réponse : « On verra plus tard. Tu es trop petit. Et trop coléreux, trop tout-fou. »

« Tout-fou », pour elle, ça veut dire que je m'emballe

vite, comme tout à l'heure, quand j'ai crié « Waouh ! » à en faire trembler les murs de la maison.

Est-ce qu'elle me trouve plus raisonnable, tout à coup ?

Ça doit être ça.

Je me mets donc en mode « Silence » et je l'écoute sans plus rien dire. Alors qu'intérieurement, je suis aussi surexcité que si j'avais bu trois bols de café.

– Je t'ai inscrit à un stage, poursuit ma mère. Et si je n'attends pas ton anniversaire pour te l'annoncer, c'est parce que les cours commencent dans deux jours. C'est un stage intensif, il va durer trois semaines. À la fin, tu sortiras avec un brevet niveau 1 et tu seras autorisé à surfer sur toutes les plages d'Australie. Et puis…

Elle marque un petit silence, histoire de créer un suspense. Je ne tiens plus :

– Et puis quoi ?

– On t'a inscrit à l'école de Yallingup.

Yallingup ! La meilleure école de surf d'Australie ! Le spot où Mike Fanning a l'habitude de s'entraîner ! C'est plus fort que moi, je recommence à crier :

– Waouh ! Waouh !

Puis je quitte la table et je me mets à cavaler d'un bout

à l'autre de la cuisine en imitant les bonds du kangourou.

– Arrête, tu es fatigant ! s'écrie ma mère. Ce cadeau, tu vas le partager avec nous !

Partager ? Dans la seconde, je cesse de faire le kangourou.

– Mais… Un cadeau d'anniversaire… C'est personnel !

– Celui-là, non. On va tous partir à Yallingup !

– Comment ça, *tous* ? Toute la famille va faire un stage de surf ?

– Mais non ! Les enfants de moins de quinze ans ne peuvent pas loger à l'école de surf. Alors avec Mark, on a loué un bungalow à deux pas.

Elle donne maintenant un petit coup de menton dans la direction de Mark, mon beau-père, qui est occupé à enfourner des toasts dans le grille-pain.

– Pendant que tu prendras tes cours, Mark apprendra à nager à tes petites sœurs. Ou bien on partira pêcher en bateau. Au coucher du soleil, quand tu rentreras, on ira voir les kangourous se balader sur le rivage. Il paraît que tous les soirs, ils se réunissent dans une petite anse tout près du bungalow qu'on a loué.

– Là, t'inventes !

– Non, Tom, je te jure, intervient Mark. Quand j'étais

jeune, j'ai passé un été à Yallingup. C'est un endroit préservé, sans pollution. La mer est si limpide qu'on voit les poissons. Un vrai paradis.

Je manque de lui répondre que, du moment que je peux faire du surf, n'importe quel endroit de la Terre sera pour moi un paradis. Mais ma mère le dit avant moi :

– Les spots de surf sont tous paradisiaques.

Puis elle prend un petit air rêveur :

– En France, par exemple, quand j'étais jeune, j'ai connu un endroit sur la côte basque…

Je ne l'écoute pas. Mon imagination m'a déjà transporté à Yallingup à la vitesse de l'éclair. Je suis debout sur ma planche, je fends hardiment la mer transparente. Tout juste si je ne vois pas les poissons surfer avec moi.

Puis à la même vitesse intersidérale, une idée me traverse la tête : il faut absolument que j'annonce la grande nouvelle à Jessie. Vite, mon portable ! Ensuite, je ferai un texto à Luke et à Jonathan. Et des posts sur Snapchat. J'irai chercher sur Google des clichés de l'école de surf, plus des photos de planches, des portraits de Mike Fanning…

Plein de gens vont les liker, ces photos, plein de gens vont les partager ! Des gens de ma classe, du collège, et d'ailleurs. Sydney, l'Australie, la planète entière doivent savoir que je pars en stage de surf à Yallingup ! Vite, vite, mon portable !

Je l'ai posé à côté de mon bol. Mais pas le temps de l'attraper : Mark a lu dans mes pensées et, plus rapide que moi, il s'en est déjà emparé.

– Écoute, Tom, il est temps que tu prennes du recul avec ta tablette et ton portable. Je préfère te le dire tout de suite : à l'école de Yallingup, c'est comme au collège, ils sont interdits. Et de toute façon, tu ne pourras pas les emporter sur ta planche !

Ça ne rate pas, ma mère s'en mêle. Et bien sûr, elle se met à me faire la leçon.

Luke, Jonathan, Jessie et moi, on a inventé un nom pour ces moments où nos parents nous saoulent avec leurs principes. On appelle ça le « mode Morale ». On le reconnaît à un signe qui ne trompe pas : il dure, il dure, on n'en voit pas la fin ! Je vais être bloqué dans la cuisine pendant des heures !

– Oui, Tom, tu es complètement intoxiqué par Internet. Et je ne parle pas du reste, Snapchat, YouTube, tous vos trucs, là ! Mais j'en ai assez, je vais te confisquer ton portable et ta tablette. Au moins la nuit. Je sais pourquoi tu ne te réveilles pas le matin ! Jusqu'à minuit et plus, tu envoies des textos à tes potes. Et pour commencer, reste à table ! Et finis ton petit déjeuner calmement, s'il te plaît !

Confisquer mon portable la nuit ? Non mais je rêve !

Pour échapper à la morale, je me tais et me force à manger. Pas facile. Car ma mère, je ne sais pas pourquoi, se remet à parler de la France.

Et ça aussi, l'entendre parler de la France, je déteste.

Pourtant, je suis français ! Je suis né à Sombreuse, à trois cents kilomètres au sud de Paris, dans un vieux château isolé et entouré d'une épaisse forêt.

Je sais, c'est incroyable. Mais je ne mens pas. J'ai vécu là-bas jusqu'à l'âge de cinq ans. Ma mère et moi avons quitté le château l'année où mon père est mort. Un accident d'avion.

J'ai très peu de souvenirs de mon père. J'étais trop petit à l'époque de l'accident. Mon père, pour moi, ça a toujours été Mark, l'homme que Maman a rencontré deux ans après. Il est australien.

C'est grâce à lui que je me suis retrouvé au pays des kangourous. Ma mère s'est mariée avec Mark, puis mes petites sœurs sont nées. On est alors partis en Australie, à Sydney, la plus grande ville de cette île immense. En moins de trois mois, je suis devenu semblable à tous les Australiens de mon âge. Comme eux, je suis fan des hamburgers à l'ananas grillé où on ajoute de la tomate, de la mayonnaise et un œuf sur le plat. J'adore aussi les barbecues, marcher pieds nus et faire des parties de beach-volley. Pas besoin de prendre la voiture pour aller à la plage : notre jardin donne directement sur la mer. Bien sûr, je parle anglais couramment. Si mes parents ne parlaient pas français à la maison, j'aurais tout oublié de ma langue maternelle.

Il me reste quelques souvenirs du château de Sombreuse. Des images confuses, comme pour mon père, perdues dans le brouillard, aussi floues que des photos ratées. Je me rappelle vaguement des murs de pierre très épais, des salles aux plafonds bas, des armures poussiéreuses, de très vieux meubles entassés dans des pièces sinistres, d'un escalier en colimaçon qui conduisait à une tour. Enfin, flottant au milieu de cette pagaille de souvenirs, un coffre sculpté de monstres.

La première fois que je l'ai vu, j'avais quatre ans, et les monstres m'ont terrifié. Je me suis mis à hurler et aussitôt, une voix rauque a grondé dans mon dos :

– Ah, si c'était moi qui t'élevais, petit trouillard, je te jure que tu n'aurais peur de rien !

C'était ma grand-mère Mimi. Je ne l'avais jamais vue. Elle était toujours au bout du monde, à filmer des volcans en éruption. Elle venait de rentrer à l'improviste.

Je me rappelle très bien : elle se tenait devant un vitrail vert et, avec le soleil, la lumière qui tombait dans la pièce avait pris une couleur sinistre. La tête de ma grand-mère aussi.

J'ai paniqué :

– Au secours, une sorcière !

Au lieu de rire, ma grand-mère a été très vexée.

– Dis donc, toi, tu es sacrément mal élevé ! Tu pourrais m'appeler par mon prénom ! Je m'appelle Mamie Mimi, tes parents ne te l'ont pas dit ?

Attirée par mes cris, ma mère a surgi dans la pièce. Je me suis aussitôt accroché à ses jambes :

– Je veux qu'elle parte ! C'est une sorcière !

– Et toi, t'es un sale petit monstre ! a explosé ma grand-mère. Salut, je ne veux plus te voir !

Et elle s'est volatilisée. Exactement comme les sorcières des dessins animés que je regardais à cet âge-là.

Je l'ai peut-être revue un jour, mais je ne m'en souviens pas.

De temps en temps, tout de même, ma mère me parle de ma grand-mère. En bien, car elle a l'air de beaucoup l'aimer.

Pas moi. Elle peut me raconter ce qu'elle veut, je continue à la détester, cette Mamie Mimi.

Le pire, c'est quand ma mère dit :

– Un de ces jours, il faudra qu'on aille en vacances en France pour voir Mamie Mimi. Tu verras, c'est une femme formidable ! Elle est dynamique, sportive, très moderne. En plus des volcans, elle s'occupe maintenant des ours blancs menacés par le réchauffement climatique. Elle a soixante ans, mais elle a une de ces pêches ! Elle n'a jamais trouvé le temps de venir en Australie, mais elle aimerait bien qu'on vienne la voir…

Chaque fois que j'entends ma mère dire ça, je pense : « On ne le fera jamais. » Malgré tout, chaque année, à l'approche de l'été, j'ai le ventre noué à l'idée que ma mère et Mark puissent décider qu'on passe les vacances chez ma grand-mère.

Alors quel soulagement, ce matin, d'apprendre qu'on reste en Australie ! Et que dans trois jours, je serai à Yallingup ! Où j'aurai le plus bel anniversaire de toute ma vie…

Chapitre 2
Le chat Pacha

À force de parler de la France, ma mère oublie qu'elle veut me confisquer ma tablette et mon portable.

Alors dès que j'ai fini mon petit déjeuner, je file dans ma chambre. Et je m'y enferme pour annoncer la grande nouvelle à Jessie, Jonathan et Luke. Puis à tous mes amis des réseaux sociaux, comme prévu.

Malheureusement, le soir, au moment du dîner, ça se gâte. Ma mère, soudain, se souvient de sa menace.

Comme d'habitude, j'ai posé mon portable sur la table. J'attaque mon hamburger préféré. Et voilà qu'elle annonce :

– Ah, au fait, j'y pense… On commence la désintoxication !

Sous le coup de l'émotion, je me mords la langue. Et le temps que je retrouve mes esprits, ma mère a bondi sur mon portable.

– Je te le rendrai demain matin. Ça t'aidera peut-être à te réveiller ! Et pas question de discuter ! Parce que dans ce cas-là, ton stage de surf…

Confisquer mon portable la nuit ! Non !

Je devrais rester en mode « Silence ». Impossible. C'est plus fort que moi, je la nargue :

– Je m'en fiche que tu me le confisques, j'ai ma tablette ! Et elle, tu ne pourras pas me la prendre, je l'ai cachée !

Je bluffe. Je l'ai laissée là où je l'abandonne toujours quand je quitte ma chambre : au beau milieu de mon lit.

Vite, il faut que je la planque !

Je me lève. Aussitôt, ma mère part d'un grand rire. Et c'est son tour de me narguer :

– Trop tard ! Ta tablette est déjà dans mon bureau, sous clef !

Et comme il fallait s'y attendre, elle passe en mode « Morale » :

– C'est pour ton bien, Tom. Il faut que tu t'entraînes à vivre sans réseau. Tu passes trop de temps sur ces engins…

Cette fois, je suis en mode « Rage ». À deux doigts de passer en mode « Crise de rage », celui où je hurle, donne des coups de pied dans les meubles. Mais ma mère me dirait encore que je me comporte comme un bébé, que je copie mes petites sœurs, alors je me retiens. Elle annulerait aussi mon stage à Yallingup et j'aurais l'air de quoi, maintenant que je l'ai annoncé à tous mes copains ?

À la fin du dîner, quand je regagne ma chambre, je suis écœuré. Complètement dégoûté. J'ai tellement de choses à partager avec Luke et Jonathan !

Et Jessie… Ce matin, quand je lui ai appris la grande nouvelle, elle était surexcitée. Et si admirative… On a passé deux bonnes heures à échanger des textos.

Il faut que je passe ma colère sur quelque chose. Je jette mon oreiller sur mon lit, puis je lui expédie une bonne volée de coups de poing :

– Et tiens ! Et tiens ! Et tiens !

Aucun effet. Ma rage ne passe pas.

Il faudrait que je parle à quelqu'un.

Mais à qui, sans tablette ni portable ?

Ah, j'ai une idée ! Mon chat.

J'entrebâille la porte de ma chambre et, pour que

personne ne me repère, je chuchote :

– Psttt, psttt ! Chat Pacha…

Chat Pacha, oui, drôle de nom pour un chat. C'est un jeu de mots. Le jour où la voisine nous a proposé de l'adopter, il avait à peine deux mois. Il m'a plu immédiatement, ce chaton, avec ses yeux bleu clair et sa fourrure entièrement noire.

Mais j'ai remarqué autre chose. Et je l'ai tout de suite dit à mes parents :

– Ce chat est super futé. Vous avez vu, quand il nous regarde ? On dirait qu'il perce nos pensées. On dirait un humain. Ce chat n'est pas vraiment un chat.

Il fallait lui trouver un nom. On en a essayé des tas, mais on n'était jamais d'accord. Alors, par plaisanterie, Mark a lancé :

– Puisque Tom trouve que ce chat n'est pas vraiment un chat, on n'a qu'à l'appeler le Chat Pas-Chat !

Ma mère a tout de suite approuvé :

– Excellent ! Et on écrira son nom « Pacha », parce qu'il est aussi grassouillet que ces rois orientaux qu'on appelait des pachas !

L'idée a mis tout le monde d'accord. Même les jumelles,

qui étaient pourtant trop petites pour comprendre le jeu de mots.

Le Chat Pacha a dû apprécier que j'aie compris son caractère : on est tout de suite devenus potes, lui et moi. Il a pris l'habitude de sauter sur mon lit dès que j'étais couché.

J'avais neuf ans, à l'époque, et je n'avais ni portable ni tablette. Donc aucun moyen d'échanger avec mes amis. Du coup, le soir, quand j'avais un souci, une mauvaise note par exemple, c'est au Chat Pacha que je parlais. Tout bas, dans le creux de son oreille, pour que personne ne m'entende.

Du jour où j'ai eu mon premier portable, j'ai perdu cette habitude. Mais ce soir, je la retrouve.

Le Chat Pacha n'a pas oublié nos confidences d'autrefois. Dès qu'il entend mon « Psttt, psttt ! », il jaillit de l'obscurité, saute sur ma couette, se blottit contre moi et plisse les yeux dans l'attente des secrets que je vais lui confier.

Je vais droit au but :

– Ma mère m'a confisqué mon portable et ma tablette. C'est l'enfer. Il faut que je trouve une solution le plus vite possible.

Le Chat Pacha n'a pas changé. Dès mes premiers mots,

il remue ses oreilles comme s'il réfléchissait et ses yeux bleu clair virent au noir comme s'il enrageait, lui aussi.

Je le caresse un moment. Peu à peu, ça me calme. Je suis à nouveau transporté dans le paradis de Yallingup et je m'y vois, sur ma planche, à surfer de vague en vague. Ça me rend si heureux que je m'endors.

Quand je repense à tous les événements qui suivront cette première nuit sans pouvoir communiquer, je me demande si le Chat Pacha n'est pas réellement doté de superpouvoirs. Car c'est lui qui, trois jours plus tard, fera tout basculer. Mais pas du tout comme je l'avais imaginé.

Le premier et terrible événement se déroule la veille de notre départ pour Yallingup.

Je n'arrête pas de me répéter : « Demain je serai au paradis ! »

Le soleil se couche. Les jumelles sont déjà au lit. Une lumière rouge, un peu étrange, a envahi la pièce où nous nous sommes installés pour faire nos valises. Ma mère a déjà terminé la sienne et celle des jumelles. Mark et moi achevons les nôtres. Pour que je reste concentré sur ma valise, mes parents ont confisqué mon portable plus tôt que prévu. Je n'ai pas protesté, je suis si heureux de partir pour Yallingup !

Les placards sont restés ouverts. Ça agace ma mère, elle claque leurs portes avec fracas.

Je n'entends rien. Je suis trop occupé à vérifier que j'ai bien placé dans ma valise tout ce dont j'aurai besoin pendant le stage.

– La veste coupe-vent, OK... Mes chaussures de surf, ma combinaison en néoprène, OK. Mon tuba, mon masque, ma crème solaire, OK. Mes sandales en plastique si je veux marcher sur les rochers...

Soudain, ma mère s'écrie :

– J'ai oublié mon masque de plongée !

– Il est en haut du placard de gauche, répond Mark.

– Ah oui, c'est vrai...

Elle s'empare d'un escabeau, entreprend de le gravir. Mais elle n'est pas encore parvenue en haut qu'une grosse masse poilue et noire s'abat sur son épaule.

Le Chat Pacha. Il s'était posté en haut du placard pour nous regarder faire nos valises. Quand ma mère a subitement claqué la porte, il s'est retrouvé enfermé. Dès qu'elle l'a rouverte, il a jailli de sa prison. Et n'a trouvé qu'un endroit où se percher : l'épaule de ma mère.

Seulement voilà : sous le poids du Chat Pacha, ma mère perd l'équilibre et tombe de l'escabeau. Étalée sur le plancher, elle lâche un gémissement :

– Mon bras !

Mark comprend tout de suite :

– Elle s'est cassé quelque chose ! Vite, à l'hôpital !

Et il part avec ma mère.

Deux heures plus tard, il m'appelle. Sur notre téléphone fixe, puisque mon portable est sous clef dans le bureau de ma mère.

Dès que je décroche, il m'annonce :

– Ta mère s'est cassé le coude. En plus, c'est le bras droit. Mais ne t'inquiète pas, on part quand même ! Elle ne pourra pas se baigner, c'est tout. En attendant, boucle ta valise.

– C'est fait !

Je ne mens pas. Je n'ai rien eu d'autre à faire que ma valise. Sans mon cher petit portable, je n'ai pu appeler personne pour raconter l'accident. J'aurais pu utiliser l'ordinateur de ma mère ou celui de Mark, mais je n'y ai même pas pensé, tellement je suis accro au portable.

Je raccroche. Et subitement, j'ai l'impression que le Chat Pacha m'observe. Où est-il ?

Mon regard fouille la pièce. Je ne suis pas long à le trouver : il s'est posté au-dessus de moi, sur une étagère. Aucune idée de la façon dont il a réussi à sauter dessus. Ce chat est vraiment diabolique.

D'ailleurs, il me fixe d'un air de défi.

A-t-il un plan en tête ?

Si c'est le cas, c'est un mauvais plan : ses yeux sont devenus noirs, comme hier soir. J'en ai la chair de poule.

Pour m'occuper, j'allume la télé. Mais je trouve le temps long. Que font mes parents ?

Et de nouveau, le téléphone fixe sonne. Cette fois, c'est ma mère :

– Tu sais ce qui est arrivé à Mark ? Tu ne vas pas me croire ! On s'apprêtait à sortir de l'hôpital, on était dans le hall. Et là, voutch ! Mark a fait une grande glissade sur le carrelage. Les employés venaient de le nettoyer, c'était une vraie patinoire… Mais il ne s'est pas relevé. Jambe cassée ! On s'est retrouvés chez le médecin qui venait de me plâtrer !

– Non !

– Si ! Donc…

– Donc on ne part pas.

– Non. Enfin… si.

Elle bafouille. Je la sens gênée.

– Qu'est-ce que tu veux dire ?

– Si… Enfin, non… Bon, bref… Nous, on reste. Mais vous, les enfants, vous allez partir. On va caser les jumelles à Melbourne, chez les parents de Mark.

– Ah bon ?

– Oui, je viens d'appeler Papy Dave et Mamie Kim. Ils sont d'accord.

– Et moi ?

– Et toi…

Elle marque un petit silence puis lâche d'une voix brisée :

– Toi, je suis désolée, mais comme pour le stage à Yallingup un adulte doit t'accompagner, il faut trouver un plan B.

Chapitre 3
Le plan B

Je raccroche. Un « plan B » ? Je ne comprends pas. Pour moi, Plan B, c'est le nom d'un chanteur anglais. Quel rapport avec ce qui vient de se passer ?

Je file dans le bureau de ma mère. Je cherche ma tablette, sans succès. Qu'est-ce que je suis bête ! J'aurais dû lui demander où elle l'a planquée quand je l'avais au bout du fil. Elle me l'aurait sûrement dit, paniquée comme elle est !

Cette fois-ci, je pense à son ordi. Et comme je connais son mot de passe, je l'allume sans difficulté.

Et maintenant vite, Google !

Puis : « Plan B, définition ».

La réponse s'affiche en un quart de seconde : « Un plan B est une solution de rechange qu'on applique quand le projet principal échoue. »

OK, mais je veux en savoir plus. Je parcours rapidement toutes les réponses affichées sur la première page. L'une d'entre elles est un peu plus précise. Elle dit que le plan B est actionné lorsque la situation n'est pas encore catastrophique.

Pas catastrophique, la situation ? Mais si ! Qui va m'accompagner à Yallingup ? Sûrement pas Papy Dave et Mamie Kim ! Ma mère a été claire : ils vont s'occuper des jumelles. Donc…

Je suis tellement stressé que je parle tout seul :

– Du grand n'importe quoi, cette histoire de plan B !

Et ce diabolique Chat Pacha qui m'écoute, du haut de son étagère ! Qu'est-ce qu'il mijote encore, ce diable de chat ? Je suis sûr qu'il nous porte malheur !

Il faut que je sois cool avec lui. Il est capable du pire.

Je file dans ma chambre. Et c'est plus fort que moi, je recommence à parler tout haut :

– Cool, Tom, cool. Tu réfléchis et tu te concentres. Première question : qu'est-ce que Maman va bien pouvoir te trouver comme plan B pour tes vacances ?

Scénario n° 1, le plus angoissant : elle va appeler Mamie Mimi. Elle lui demandera de m'accompagner à Yallingup. Mon stage de surf sera gâché ! Mais non, impossible. Mamie Mimi n'a jamais cherché à me revoir. Si elle avait voulu me connaître, elle serait déjà venue chez nous. Ou elle m'aurait parlé sur Skype. On serait aussi devenus amis sur Snapchat, on se serait posté des photos, des petits messages. Mais non, rien, jamais. Elle est tellement dans ses histoires de volcans et d'ours blancs qu'elle ne pense à moi qu'à Noël et à mon anniversaire ; et seulement pour m'envoyer en cadeau des livres super ennuyeux.

Scénario n° 2 : mes parents vont me trouver un stage de surf tout près d'ici. Ils vont demander aux voisins de m'y conduire tous les matins et d'aller me chercher tous les soirs. Pas terrible, comme plan B, mais mieux que rien.

Soulagé, je m'effondre sur mon lit. Quelle journée ! Je sombre dans le sommeil, beaucoup plus fatigué que si j'avais passé quatre heures à échanger des textos avec Jessie.

J'ai l'impression de sortir d'un cauchemar.

– Dépêche-toi !

Ma mère. Non, les jumelles. Elles piaillent tant qu'elles peuvent. Surtout la brune, Lucy :

– Allez, grouille-toi ! Il est neuf heures et tu dois être à l'aéroport à midi !

Je me frotte les yeux :

– À l'aéroport ? Mais puisqu'on ne part pas à Yallingup ! Où est Maman ?

– Elle est là ! Elle s'est cassé le coude !

– On ne part pas à Yallingup, je sais…

Zoé, la blonde, me coupe :

– Non, toi, tu pars !

Dans la seconde, j'émerge de ma couette :

– Ah bon ?

– Oui, tu pars !

– Ça alors…

– Oui, on dit merci ! Mamie Mimi…

Au seul nom de ma grand-mère, je bondis de mon lit :

– Je pars avec elle ? Elle est là ?

Je dois ressembler à une bête traquée. Zoé éclate de rire :

– T'es mort de trouille !

Et maintenant, c'est Lucy qui glousse :

– Ce que tu peux être bête, comme grand frère ! Tu n'as rien compris ! Tu ne pars pas *avec* Mamie Mimi ! Tu pars *chez* Mamie Mimi !

– Comment ça, chez elle ? Elle a une maison en Australie, maintenant ?

– Oh, là là ! T'as le cerveau congelé ou quoi ? Allez, on va te passer au micro-ondes !

Et elle m'assène l'horrible nouvelle :

– Tu pars chez Mamie Mimi *en France* ! En avion ! Aujourd'hui ! Tout seul ! Maman t'a trouvé un billet !

– N'importe quoi !

Je bouscule Lucy, mais comme d'habitude, Zoé prend le relais. Elle saute de joie :

– Nous, on part chez Mamie Kim et Papy Dave, à Melbourne. C'est génial, leur piscine fait le double de la nôtre ! Mais toi… Direct en France, chez Mamie Mimi ! C'est trop rigolo, on sait que tu la détestes ! Tu ne pensais pas qu'on savait, mais on sait !

Les jumelles sont vraiment infernales. Il faudrait que je les jette de ma chambre. Malheureusement, mon corps pèse comme un bloc de plomb.

Je préfère renoncer. Je me laisse lourdement tomber sur mon lit et j'enfouis ma tête dans mon oreiller.

Et là, subitement, je comprends : c'était donc ça, le plan B… Mark et ma mère l'ont organisé pendant que je dormais. Sans me demander mon avis ! Et rien à faire, je les connais : quand c'est décidé, c'est décidé.

Si, il y a quelque chose à faire. Appeler Jonathan, Luke et Jessie et leur demander conseil. Mon portable, tout de suite !

Mais ma mère me l'a confisqué.

Une fois qu'elles m'ont bien enfoncé, les jumelles se volatilisent et le silence retombe dans ma chambre.

Je réfléchis encore. Pas d'autre issue que de plonger sous ma couette et faire semblant d'être malade. Le temps que ma mère appelle le médecin et qu'il arrive, l'avion sera parti. Ensuite…

Ensuite je ne sais pas.

Pas le temps de manigancer d'autres subterfuges. Ma mère fait irruption dans ma chambre :

– Allez, Tom, debout !

Je fais le mort. Ça ne la trompe pas :

– Tom, tu te bouges ! Pas le moment de faire la comédie ! Avec ce qui est arrivé…

Je suis bien forcé d'ouvrir l'œil.

Ma mère a le bras droit plâtré. Et elle semble épuisée. J'essaie de négocier :

– Ouais, ouais… Encore un petit quart d'heure…

– Ah non !

Je sors de mon lit. Ça la soulage, elle se radoucit :

– Voilà… Tu pars en France… Dans notre malheur, on a une sacrée chance ! Quand j'ai appelé Mamie Mimi, elle était chez elle, pour une fois, pas au bout du monde. Et elle ne va pas bouger de son château pendant trois mois. Quand je lui ai demandé si elle pouvait te prendre pour les vacances, elle a tout de suite dit oui.

– « Me prendre » ! Mais comment tu parles ! Tu crois que je suis un bébé, comme les jumelles ! Je vais avoir treize ans !

– C'est juste une façon de parler…

– De toute façon, j'irai pas !

Et retour dans mon lit.

Ma mère ne me laisse pas faire. De son bras valide, avec une force incroyable, elle arrache ma couette :

– Je voudrais bien voir ça ! Debout ! On est en pleine catastrophe ! Mark est toujours à l'hôpital, il ne sortira pas avant demain. Ensuite, il aura une semaine de fauteuil roulant et pendant un mois, il va marcher avec des béquilles ! Et moi, tu as vu mon bras ! Mais voilà, toi, tu trouves le moyen de faire des histoires ! Ton billet d'avion est pris, figure-toi ! Et dis-toi bien que c'est une merveilleuse occasion d'aller en France ! C'est ton pays, il faudra bien que tu le connaisses, un jour !

– Non, mon pays, c'est l'Australie !

On est passés tous les deux en mode « Cris et hurlements ». Ça va mal tourner.

Ma mère doit penser la même chose que moi, elle se calme. Et comme chaque fois qu'elle veut éviter qu'on se dispute, elle repasse en mode « Morale » :

– Tu as deux pays, Tom. L'Australie, oui, le pays où tu vis. Et la France, où tu es né. Deux langues, deux façons de vivre. À force de passer de l'une à l'autre, tu deviendras beaucoup plus fort. Tu verras, quand tu seras grand…

Quand tu seras grand. Elle me parle vraiment comme aux jumelles. J'éclate à nouveau :

– Mais je suis grand, qu'est-ce que tu crois ! Je vais avoir treize ans !

– Eh bien, justement, être grand, c'est éviter d'ajouter des problèmes aux problèmes ! Donc va prendre ta douche ! L'avion décolle à midi, on est pressés.

Ma mère, à ce moment-là, je la déteste. Même avec son bras cassé.

Quelques heures plus tard, je me retrouve dans un avion pour Paris, seul, en route pour la France et à la découverte de cette grand-mère inconnue. Pendant que l'océan Pacifique défile sous mes pieds, je réfléchis à la situation.

Voyons les bons points, pour commencer.

Bon point n° 1 : avant de quitter la maison, ma mère m'a rendu ma tablette et mon portable. En France, je pourrai communiquer comme je veux avec mes amis. Ça m'aidera à supporter ma sorcière de grand-mère.

Bon point n° 2 : j'ai beau chercher, je ne le trouve pas.

Passons donc aux mauvais points.

Mauvais point n° 1 : ce qui s'est passé juste après qu'on a enregistré ma valise et qu'elle est partie sur le tapis roulant qui l'emportait dans la soute de l'avion. Ma mère m'a tendu un sac :

– Je t'ai mis des vêtements chauds là-dedans. Et bien sûr, j'ai enlevé de ta valise tes maillots de bain, tes affaires de surf, etc. Je les ai remplacés par des gros pulls. Et j'ai ajouté une paire de bottes fourrées.

– Pourquoi ? On est en plein été !

– Oui, en Australie ! Mais là-bas, en France, dans

l'hémisphère Nord, l'hiver est à peine fini. Donc avant l'atterrissage de l'avion, si tu ne veux pas choper un rhume, tu as intérêt à passer le pull et la parka que j'ai mis dans ce sac. Ne le perds pas, surtout !

Le froid, il ne manquait plus que ça.

Mauvais point n° 2 : ma mère, encore, juste avant que je lui dise au revoir :

– Dès que tu débarques de l'avion, enlève ta casquette et remplace-la par un bonnet. Tiens, regarde, il est sur le dessus du sac.

Renoncer à ma casquette ? Et pour cet horrible et ridicule bonnet de laine rouge assorti d'un pompon ? Jamais de la vie !

Malgré tout, j'ai quitté ma mère sans protester, puis rejoint le terminal de mon avion et, une fois dans la salle d'embarquement, en attendant l'heure du décollage, j'ai pu enfin me livrer à mon activité favorite : envoyer des textos à Luke, à Jonathan et à Jessie.

Mauvais point n° 3 : mes conversations avec eux.

Luke : « T'as vraiment pas de bol de partir en France. Les Français mangent des grenouilles et des escargots, c'est atroce, ce qui t'attend. »

Jonathan : « Waouh, je te plains. Les Français sont nuls

en sport. Et là-bas, tu vas te geler. Le climat est l'inverse de celui de l'Australie, t'es au courant ? »

Jessie (la pire) : « Les Français sont tout petits, des genres de Pygmées. En plus, ils sont très malpolis et ils sentent mauvais. Bon, t'auras autant de frites et de croissants que tu veux. Mais mon père m'a dit qu'en France, les gens sont très prétentieux et passent leur temps à parler de Napoléon. C'est l'époque des dinosaures, chez eux, il y a des tas d'endroits où les portables ne captent pas. Comment on va faire, toi et moi, pour échanger ? Super galère, tes vacances ! Tes parents sont affreux de faire un truc comme ça. Moi, à ta place, je serais fâchée à mort contre eux. »

C'est Jessie qui m'a le plus vexé. Elle m'a aussi fait paniquer quand elle m'a parlé des endroits en France où on ne capte pas. Mais je me suis vengé. Je lui ai répondu : « À +. Je te raconterai quand je serai au château. »

Le mot « château » a dû l'impressionner. Aussitôt, un nouveau texto de Jessie s'est affiché sur mon écran : « Waouh, tu vas habiter dans un château ? » Et elle a ajouté une volée de smileys surexcités.

Je n'ai pas répondu. J'ai même fait pire : j'ai mis mon

portable en mode avion. Trop nul, ce qu'elle m'avait dit. Et de toute façon, c'était le moment d'embarquer.

Car mauvais point n° 4 : pendant toute la durée du vol, interdit d'envoyer des messages !

Chapitre 4
On m'a changé ma grand-mère !

Pendant une bonne partie du vol, je joue avec ma console. Si elle me voyait, ma mère deviendrait folle !

À la longue, ça finit par me saouler. Sans même m'en apercevoir, je m'endors.

C'est la voix du commandant de bord qui me réveille :

– L'atterrissage est prévu dans une demi-heure. À Paris, la température est de quatre degrés…

Quatre degrés ! Il en faisait vingt-sept à Sydney !

Nouveau coup de déprime. Et furieuse envie d'échanger avec mes potes.

C'est surtout avec Jessie que je voudrais discuter, même si ses textos m'ont complètement déprimé. Elle me manque, elle me manque ! Presque autant que mon portable…

Du coup, je sors de ma poche ce cher petit portable et je tapote sur l'écran comme si je pouvais envoyer des messages.

Ça me rend encore plus frustré. Deux minutes de ce petit jeu et je suis à bout de nerfs. Il faut absolument que je retrouve le plus vite possible ma vie, avec du réseau et mes copains. Comment ? Je ne vois pas.

Et soudain, je trouve la solution.

Enfin, je crois.

Ma mère m'a dit que Mamie Mimi viendra me chercher à l'aéroport. À la seconde où je la verrai, je me comporterai d'une façon si odieuse qu'elle n'aura qu'une envie : me renvoyer en Australie.

Oui, c'est une bonne idée. Je vais me faire virer par ma grand-mère !

Pour y arriver, il faut que je joue la comédie. Ça ne me fait pas peur. Pour la fête du collège, Luke, Jonathan et moi avons écrit une pièce de théâtre. Le héros, Ben, était très rebelle. Un dur qui n'en faisait qu'à sa tête. Du coup, on l'a appelé « Bad Ben ». Et la pièce aussi. C'est à moi qu'on a attribué le rôle de Ben. Je n'ai eu aucun mal à me glisser dans sa peau et j'ai eu un énorme succès.

Malheureusement, aujourd'hui, pas de copains pour inventer l'histoire et les dialogues ensemble.

Pas grave, je vais me débrouiller. Je vais jouer Bad Ben et commencer mon petit jeu par une énorme insolence. Par exemple, dès que je verrai ma grand-mère, je sortirai un truc tellement atroce qu'elle ne le supportera pas.

Mais qu'est-ce que je vais pouvoir lui dire ?

Trouvé ! Avec le froid qu'il fait, Mamie Mimi va sûrement vouloir que j'enfile la parka, le pull et le bonnet que ma mère m'a donnés. Alors, tout de suite, avec la voix de petit caïd de Bad Ben, je vais lui répondre : « Pas question ! » Ma grand-mère, ça va tellement l'écœurer qu'elle fera comme la dernière fois qu'on s'est vus, elle décidera tout de suite qu'elle ne veut plus me voir.

– Atterrissage dans vingt minutes, annonce le commandant de bord.

Vingt minutes, c'est suffisant pour entrer dans la peau de Bad Ben. Il faut que je me concentre. Prendre un air sombre, buté. Un front méchant, une voix agressive. Quelques répliques de notre pièce me reviennent en mémoire. Je les murmure entre mes dents. Mamie Mimi, elle va voir ce qu'elle va voir !

En fait, j'ai terriblement envie de dormir. Du coup, j'ai beau faire, je n'arrive pas à devenir Bad Ben.

Je sais pourquoi : le décalage horaire. Il y a vingt minutes, le commandant de bord a annoncé l'heure : 13 h 30. Alors que ma montre, toujours réglée à l'heure australienne, indique 23 h 30. Ma mère m'a prévenu, quand on s'est quittés : « N'oublie pas, Tom ! Quand c'est la nuit en Australie, c'est le jour en France. Du coup, à un moment, tu seras complètement assommé. Tu n'auras qu'une envie : dormir. Et pendant quelques jours, tu seras très fatigué. »

Je repense à ma grand-mère. À mon arrivée, elle sera en pleine forme, elle. Tandis que moi, je serai complètement K.-O.

Pas sûr que j'arrive à la faire enrager.

Et voici que l'hôtesse de l'air s'approche de moi :

– Tu as bien ton étiquette UM ?

L'étiquette UM, c'est une grande enveloppe en plastique que les garçons et les filles de moins de 14 ans doivent obligatoirement porter au cou quand ils ne sont pas accompagnés d'un adulte. Elle contient leur billet d'avion, leur passeport et toutes sortes de paperasses.

Qu'est-ce que ça m'humilie, de porter cette étiquette au cou. Comme si j'étais un bébé ! Je l'ai cachée sous mon tee-shirt.

– Ressors-la ! m'ordonne l'hôtesse.

Un vrai dragon ! Elle a la même voix méchante que ma prof de maths. Elle vérifie les papiers de l'enveloppe.

– Tout est OK, poursuit-elle sèchement. Je vais t'accompagner jusqu'au bout du terminal et je ne te quitterai pas avant qu'on ait trouvé ta grand-mère. D'après tes papiers, elle portera une petite pancarte avec ton nom.

Je comprends à peine ce qu'elle me dit. Toujours l'effet du décalage horaire.

J'ai dû m'assoupir, je ne me rappelle pas ce qui s'est passé ensuite. Mes souvenirs reprennent au moment où j'entends la voix de l'hôtesse-dragon. Elle est aussi énervée que ma mère quand elle me réveille le matin :

– Allez, réveille-toi ! Suis-moi ! Et couvre-toi ! Dehors il fait froid.

Toujours aussi assommé, j'enfile mon pull et ma parka. C'est seulement à la vue du bonnet que je me rebelle.

Ce truc rouge et son pompon ridicule, pas question ! Je garde fièrement ma casquette.

Ça agace l'hôtesse. Mais elle est pressée, elle n'insiste pas. Elle se contente de grincer :

– Allons, vite !

Puis elle me tire vers la sortie de l'avion comme si j'étais une valise à roulettes.

Je vais avoir l'air de quoi quand ma grand-mère me verra avec mon étiquette UM au cou ? Je la fourre à toute vitesse sous mon pull.

– Non, s'écrie aussitôt l'hôtesse. Tu gardes ton enveloppe visible jusqu'à ce qu'on ait trouvé ta grand-mère !

Elle ne me laisse même pas récupérer mes bagages tout seul sur le tapis roulant. C'est elle qui s'en charge, comme si j'étais un enfant de quatre ans. Et c'est encore elle qui montre mon passeport aux douaniers.

Ça me stresse de plus en plus. Si, dans les cinq minutes qui viennent, je ne me défoule pas en racontant tout ça à mes copains, je vais craquer ! Vite, du réseau !

Pas le temps de pianoter sur l'écran, l'hôtesse me prend par l'épaule et me pousse vers une porte vitrée dont les battants s'ouvrent aussitôt. Elle m'annonce :

– Ta grand-mère se trouve parmi tous ces gens qui attendent dans le hall.

Comme si je n'avais pas compris !

Et me voici face à une foule d'inconnus. Comme l'hôtesse me l'a annoncé, certains brandissent une affichette où ils ont inscrit le nom de la personne qu'ils sont venus chercher.

– C'est bizarre, je ne vois pas ton nom..., finit par s'inquiéter l'hôtesse.

Puis elle pousse un soupir de soulagement :

– Ah, ça y est !

Et elle pointe l'index sur quelqu'un qui tient, en effet, une feuille où est inscrit mon nom.

Un homme.

L'inconnu fonce aussitôt vers nous, tend sa carte d'identité à l'hôtesse et se met à discuter avec elle.

Il se produit alors un miracle : je sors soudain de mon coma. Ça va chauffer ! J'ai retrouvé tous mes moyens ! Et mon français ! Et la voix puissante de Bad Ben :

– C'est ma grand-mère qui devait venir me chercher ! Je ne connais pas cet homme ! Je veux repartir en Australie ! Je vais téléphoner à mes parents !

Et je brandis mon portable.

Mais l'homme me sourit :

– Ne crains rien. Tes parents sont au courant. Mamie Mimi a eu un empêchement. Je suis le fiancé de ta grand-mère.

Je suis plutôt coléreux, comme garçon, ça, c'est sûr. Mais là, trop, c'est trop ! Ma grand-mère, un fiancé ? À son âge ! C'est une histoire de fou !

Pourquoi ma mère ne m'a pas prévenu ? Et pourquoi Mamie Mimi n'est pas venue me chercher ? Je suis son petit-fils, quand même ! Mais elle s'en fiche, elle me confie à un inconnu, comme ça ! C'est du grand n'importe quoi !

Je manque de le dire. Et de recommencer à crier. Mais l'inconnu me tend la main :

– Je m'appelle Alexandre.

Je refuse de la serrer.

Là, normalement, il devrait commencer à s'énerver. Mais non, il reste très cool :

– Tu peux m'appeler Alex, comme tout le monde. Ta grand-mère est désolée, elle a dû partir en urgence conseiller le directeur d'un zoo dont l'un des ours est malade.

Il a l'air vraiment calme, Alex. Difficile de continuer à

jouer Bad Ben. En plus, il porte des bottes fourrées australiennes de la même marque que les miennes. J'adore !

N'empêche, je n'ai pas du tout envie de lui serrer la main. Le fiancé de ma grand-mère, non mais je rêve ! Une grand-mère, une vraie, ça n'a pas de fiancé !

Et si jamais ce type avait l'idée de se marier avec Mamie Mimi ? Il serait mon grand-père ?

Non, impossible que ça arrive, il n'a pas du tout le look d'un grand-père. Il est mince, il a tous ses cheveux, qui sont très noirs, avec seulement des mèches grises par-ci par-là. Et il fait très sportif, avec son blouson de cuir, son jean, son gros pull et ses bottes fourrées. Les grands-pères que je connais ne ressemblent absolument pas à ça. Le père de Mark, par exemple, Papy Dave : barbichette blanche, grosses lunettes, c'est le portrait craché du pépé qui fait la pub de Kentucky Fried Chicken. Un vrai papy, quoi ! Et Papy Philippe, le père de ma mère, ressemble trait pour trait au professeur Tournesol : petit, chauve, ratatiné et complètement sourdingue.

Dans quelle embrouille je suis tombé ?

Alex serait-il l'avatar du Chat Pacha ? Il perce tout de suite mes pensées :

– Oui, je suis plus jeune que ta grand-mère. J'ai cinquante ans, dix ans de moins qu'elle. Mais tu vas voir, Mimi fait très jeune, elle aussi…

Mimi ! Il l'appelle Mimi, comme nous ! De mieux en mieux ! Il n'est pas de la famille, il devrait dire « Mireille », son vrai prénom ! Pour qui il se prend ?

En plus, il parle comme ma mère :

– Mimi est une femme formidable !

Il a vraiment l'air amoureux d'elle. Ma colère monte. Je bous. Et une petite voix dans ma tête me chuchote : « Allez, Tom, ce mec, pourris-lui la vie. Ici, tout de suite, à l'aéroport ! »

J'ai beau essayer, pas moyen. Je me fais l'effet d'un spaghetti trop cuit. Complètement mou, gluant, pâteux, sans réaction.

Encore un coup du décalage horaire.

Alex en profite pour saisir ma valise. Puis il salue l'hôtesse et se tourne vers moi :

– Allons, ne restons pas là. On sera au château de Sombreuse dans trois heures. Tu vas voir, je roule en voiture électrique, mais on va très vite. Et les sièges sont très confortables, tu vas pouvoir récupérer.

Mais la petite voix qui couine au fond de ma tête continue de me harceler : « Allez, grouille-toi ! Il faut passer à l'action ! »

Rien à faire, je ne sors pas de mon état de spaghetti gluant.

Sauf quand Alex s'en prend à ma casquette :

– Avec le froid qu'il fait, tu ferais mieux de mettre un bonnet !

Là, quand même, je fais un bond de trois mètres :

– Non-on-on-on !

– Tu fais comme tu veux. Mais tu risques de te geler.

Je secoue la tête. Et je garde ma casquette.

Il n'insiste pas. Le fiancé de ma grand-mère a l'air plutôt cool !

Dix minutes plus tard, quand la voiture commence à foncer sur l'autoroute qui va nous emmener à Sombreuse, je montre à Alex le portable installé près du volant :

– Tu peux me le passer ? Le mien ne fonctionne pas en France. Et il faudrait que j'envoie d'urgence un texto à quelqu'un…

Quelqu'un, c'est Jessie. Je voudrais lui écrire que je suis en route pour le château. Ensuite, à Sombreuse, je lui ferai un autre texto où je lui parlerai des armures, des escaliers en colimaçon, puis j'inventerai des histoires de fantômes, des trucs du genre.

Je frimerai un peu, quoi. Comme ça, si elle est fâchée, elle me pardonnera. Et on recommencera à discuter pendant des heures, comme avant.

Mais Alex ne se laisse pas faire :

– Désolé, Tom, pas de portable sans l'autorisation de ta grand-mère. De toute façon, à Sombreuse, tu ne penseras plus à ton téléphone ni au reste. Le château est extraordinaire. Il y a des caves, des souterrains, des animaux plein la forêt. Je ne m'en suis toujours pas lassé. Et pourtant, ça fait un bon moment que je vis là-bas…

Pourquoi a-t-il dit « un bon moment que je vis là-bas… » ? Ça veut dire quoi, « un bon moment » ? Un an, deux ans, plus ? Et pourquoi je l'apprends seulement maintenant ? Ma mère le savait et elle ne m'en a pas parlé ?

Dernière question, la plus importante : qu'est-ce que c'est que cette histoire d'autorisation avant d'utiliser le portable ? Ma grand-mère copie ma mère ? Si c'est ça, on va recommencer à se friter, Mamie Mimi et moi.

Malgré le décalage horaire, je ne ferme pas l'œil de tout le voyage. Cette histoire d'autorisation m'empêche de dormir.

Nous voici enfin au château. Mes souvenirs de Sombreuse sont lointains et vagues, mais ils ne m'ont pas trompé. Je découvre une grande bâtisse surplombée par une tour de pierres noires. Tout autour, à perte de vue, une épaisse forêt. En cette fin d'hiver, les arbres n'ont plus une seule feuille. Ils me paraissent sinistres, comme le château.

Où est passé le soleil radieux de mes plages d'Australie ? Et la fourrure si chaude, si douce, de mon cher Chat Pacha ? Qu'est-ce qu'il fait en ce moment ? Est-il en pension chez Papy Dave et Mamie Kim, avec les jumelles ? Comme il me manque ! J'aurais dû demander à ma mère de l'emmener. Je sens ma gorge se serrer.

Alex doit le sentir, il m'emmène tout de suite dans la cuisine du château et me propose un chocolat chaud. Je suis frigorifié, j'accepte.

– Mets-toi à l'aise, enlève ta parka, me conseille-t-il.

Il a vraiment l'air gentil, mais je ne peux pas m'empêcher de grogner :

– Non, j'ai trop froid.

– Comment ça, froid ? résonne alors une voix à l'autre bout de la cuisine. Ah, mais il va falloir que tu t'habitues, mon petit coco !

Je suis à bout de forces et pourtant, dans la seconde, je sais qui a parlé : Mamie Mimi.

L'enfer va commencer.

Je me retourne. Et je me fige.

Oui, c'est Mamie Mimi. Mais cette fois, ma mémoire m'a trompé. Elle n'a rien d'une sorcière ni d'un monstre d'Halloween. C'est une personne tout à fait normale. Elle a des yeux bleus tout pétillants, des joues roses et un très beau sourire.

Car oui, elle me sourit.

Elle porte un jean, comme ma mère, et ça lui va très bien : elle est grande, mince, elle ne fait pas du tout mamie. Et elle bouge aussi vite que ma prof de gym.

Évidemment, elle a des rides. Mais je ne sais pas comment elle se débrouille, elle fait jeune. Ce sont peut-être ses yeux. Et son sourire.

Je me rappelle alors que ma mère m'a montré des photos d'elle. Sur ces clichés, elle ressemblait à la grand-mère que je découvre aujourd'hui. Pourquoi ai-je continué à l'imaginer comme une sorcière à tête de vipère ?

Ces photos, soyons honnête, je n'ai jamais voulu les regarder. Je veux dire : les regarder *vraiment*. Chaque fois que ma mère les sortait, je détournais tout de suite les yeux. Dès que je les voyais, je pensais à Sombreuse, à mon père qui était mort. Et j'étais triste.

Ma mère a dû s'en apercevoir. Ça fait bien trois ans qu'elle ne m'a plus montré de photos de Mamie Mimi. Voilà pourquoi j'ai continué à la voir comme une sorcière. Ce qu'elle n'est pas du tout. Mais alors, pas du tout du tout.

Sa coiffure aussi m'étonne. Je l'imaginais avec des cheveux blancs et un chignon, comme Mamie Kim. Les siens sont tout juste argentés, coupés court et bien coiffés. En fait, elle est plutôt jolie.

Elle s'aperçoit que je suis surpris :

– Tu me voyais plus vieille que ça ? C'est pour ça que tu fais cette tête de ver de terre ? T'es tout recroquevillé, qu'est-ce qui t'arrive ? Je ne vais pas te manger tout cru ! Allez, fais-moi un bisou !

Bon, je vais l'embrasser.

Seulement… Est-ce qu'elle a de la moustache, comme

la grand-mère de Jessie ? Est-ce qu'elle va me piquer, quand je vais l'embrasser ?

Allez, j'y vais…

Non, elle n'a pas de moustache. Et sa peau est très douce. En plus, elle sent bon.

On m'a changé ma grand-mère !

Chapitre 5
Ma tablette, ma tablette !

Alex, Mamie Mimi et moi sommes maintenant assis à l'immense table de la cuisine du château. Sur un monumental fourneau ancien, Alex a préparé le chocolat. Il vient de me le servir. Avec une lichette de crème et de la noisette râpée. Je manque de crier « Waouh ! » tellement il est bon, ce chocolat.

Mamie Mimi me regarde le savourer. Ses yeux sont toujours aussi pétillants.

Bon, très sympa tout ça, mais il faut que je me connecte, vite ! Avec ma tablette, puisque mon portable ne marche pas en France.

Je l'ai laissée dans mon sac à dos. En arrivant, je l'ai posé dans le hall.

Je vais le chercher. Mais pas le temps de l'ouvrir ni de sortir ma tablette, ma grand-mère arrive.

Et elle ne comprend pas du tout ce que je cherche :

– Ah, tu veux voir ta chambre ! Elle est au premier. Viens, je vais te la montrer. Tu vas voir, elle est superbe. Avec ses vitraux, ses fenêtres en ogive et ses murs tapissés de livres, elle rappelle le film *Harry Potter et la Chambre des Secrets*.

Tiens, elle connaît ce film ? J'en oublie un moment ma tablette :

– Ah ouais ? Tu l'as vu ?

– Oui, on l'a regardé un soir avec Alex, sur Netflix.

Incroyable, ma grand-mère connaît Netflix !

– On revenait d'Alaska, poursuit-elle. Sur la route, on a été bloqués par la neige pendant trois jours. On s'est arrêtés dans un hôtel et comme on ne pouvait rien faire, on a regardé des tas de films. J'ai bien aimé celui-là, il m'a rendu mon âme d'enfant.

OK, parfait, ma grand-mère connaît Netflix et elle a aimé *Harry Potter*. Mais ça ne change rien à mon problème : il faut que je me connecte, et vite !

– Il y a le WiFi, dans ma chambre ?

Pas de réponse.

Serait-elle sourdingue, comme mon Papy Philippe, celui qui vit en Belgique ?

Bon, je vais lui parler hyper fort :

– IL Y A LE WIFI, DANS MA CHAMBRE ?

Toujours pas de réponse.

Elle ne connaît peut-être pas le mot « WiFi », ou alors les Français ont un autre mot pour ça.

Il faut absolument que je sache. Et que j'en aie, du WiFi, parce que je vais bientôt péter un câble.

Mais au fait… Jessie m'a bien dit qu'en France, le réseau est complètement pourri, non ?

Ma grand-mère s'engage dans un escalier en colimaçon. Je le reconnais, c'est celui de mon souvenir.

Je passe devant une vieille armure. Elle m'avait frappé, elle aussi, quand j'étais petit. Puis, au premier étage, dans un long couloir, je découvre le coffre aux dragons qui m'avait fait si peur. On l'a changé de place.

Des photos de mon père sont accrochées aux murs du couloir. Ma grand-mère s'arrête devant l'un des portraits :

– Ce que tu ressembles à ton papa ! Il avait aussi de

grands yeux bleus. Et des cheveux blonds comme les blés ! Ce qu'il était baraqué ! Forcément, il était très sportif. Tu fais du sport, au fait ?

Mais au lieu d'attendre ma réponse, elle pince ma casquette :

– Tu vas m'enlever ça, s'il te plaît ! Je ne veux pas que tu prennes froid. Je vais te trouver un bonnet. De toute façon, elle est tellement moche, cette casquette !

Moche, ma casquette ?! À l'attaque, cette fois-ci, et pour de bon. Comme à l'aéroport quand j'ai découvert Alex, je vocifère :

– Non, je la garde ! Et de toute façon, je veux me connecter avec ma mère ! Il me faut du WiFi !

– Ah, ne crie pas comme ça !

Et elle se met les mains sur les oreilles. Elle n'est pas du tout sourde.

Mais pourquoi prend-elle soudain cet air embarrassé ?

– Bon, Tom… Le WiFi, oui, le réseau… Il va falloir qu'on en parle…

Ouh là ! Pour qu'elle soit aussi gênée, c'est qu'il y a une embrouille. Une très grosse embrouille.

Je ne sens plus du tout la situation. Et moi, j'aime les choses claires. J'y vais cash :

– Tu as du réseau ou tu n'en as pas ?

Elle répond à côté :

– Pour ta mère, ne t'inquiète pas. Je l'ai déjà prévenue que tu es bien arrivé. Donc inutile de téléphoner. D'autant que ça coûte très cher, d'appeler en Australie. Et puis, ton portable australien ne marche pas en France.

– Je sais. Mais s'il n'y a pas de réseau chez toi, comment tu as fait pour prévenir mes parents ?

– Ben… par mail !

– Donc il y a Internet !

J'ai réussi, elle perd ses moyens :

– Écoute… Bon…

Puis comme tout à l'heure, elle répond à côté :

– Tu dors debout. C'est le décalage horaire. Regarde-toi !

Un grand miroir est accroché devant la porte de la chambre. Elle me force à me regarder :

– La tête que tu as ! Un zombie ! T'es plus bon à rien, mon coco ! Tout ce qu'il te faut, c'est un bon lit bien chaud. Allez, zou !

Et elle ouvre la porte de la chambre.

Elle ne m'a pas menti, la pièce est magnifique. En plus des vitraux et des ogives, il y a un lit à baldaquin. Il est recouvert d'une couette qui semble douce et très moelleuse... Ça va me changer du siège étroit que j'occupais dans l'avion ! Je n'ai plus qu'une envie : m'écrouler.

– Allez, couche-toi, murmure ma grand-mère.

Et elle me fixe de ses grands yeux bleus.

Ce qu'elle est jolie. Et que sa voix est douce... Elle m'hypnotise. Mon cerveau se transforme en marmelade, je ne pense plus à rien. Ni au WiFi, ni même à Jessie. Je m'effondre sur ma couette sans même quitter mes vêtements. Et je dors jusqu'au lendemain matin.

Je me réveille mort de faim. Mon cerveau, cette fois, est parfaitement clair. Tellement limpide que, instantanément, une liste de choses à faire d'urgence s'affiche dans ma tête :

1/ MANGER.

2/ ME CONNECTER.

3/ RACONTER CE QUI SE PASSE À JONATHAN, À LUKE ET À JESSIE ET LEUR DEMANDER CONSEIL.

4/ ÉCRIRE UN MAIL À MA MÈRE. (*Je vais lui dire que je ne peux pas rester ici, que je vais tomber malade, etc., etc. Les « etc. », je ne sais pas encore trop ce que ça va être, mais pas grave.*)

5/ REFUSER DE PORTER UN BONNET ET GARDER MA CASQUETTE.

6/ DEVENIR ABSOLUMENT INSUPPORTABLE, COMME JE ME SUIS JURÉ DE LE FAIRE DANS L'AVION. (*C'est embêtant parce que, en fait, Mamie Mimi est plutôt gentille, mais sans réseau, je le sais, je ne vais pas tenir.*)

Et je passe à l'attaque. Je fais ma toilette, je m'habille à toute vitesse, sans oublier ma casquette.

Puis je cherche ma tablette dans mon sac.

Elle a disparu.

Je sors immédiatement de ma chambre, je dégringole l'escalier de pierre et je rejoins la cuisine.

J'y découvre ma grand-mère occupée à engloutir une bouillie grise. Je suis si énervé que je ne l'embrasse même pas, j'y vais direct :

– Je n'ai pas retrouvé ma tablette. Tu ne l'as pas vue ?

– Tu pourrais dire bonjour !

Je lui fais un bisou. Mais rapide, tellement je suis énervé. Et je répète :

– Ma tablette… Tu ne l'as pas vue ?

Comme hier, ma grand-mère répond à côté. Elle désigne son bol :

– Tu en veux ?

Je fronce le nez. Elle insiste :

– C'est de la bouillie d'avoine. Bio, évidemment. Tu en as déjà goûté ?

– Non.

– Ah bon, vous n'avez pas ça, en Australie ? J'aurais cru. Tu ne veux pas essayer ?

– Euh… Non-non.

– Tu as tort, c'est succulent. Et excellent pour la santé. Mais si tu n'en veux pas, il y a des croissants.

Elle me tend une corbeille. J'en prends un. Il est chaud et croustillant. Un pur délice, comme le chocolat d'hier. J'en oublie de réclamer ma tablette.

Au troisième croissant, quand même, je retrouve la mémoire. Et j'interroge de nouveau ma grand-mère :

– Tu n'as pas vu ma tablette ?

– Mais tu es comme Harpagon dans *L'Avare*[1] ! Lui, il criait « Ma cassette, ma cassette[2] ! ». Toi, c'est « Ma tablette, ma tablette ! ».

Je suis furieux qu'elle se moque de moi. La pression monte. Surtout quand elle pointe ma casquette :

[1] Pièce de théâtre de Molière.

[2] Petit coffre contenant de l'argent ou des bijoux.

– Tu as gardé cet horrible truc ?

Horrible, ma casquette ? Alors là, ça va être la guerre ! Mais pas tout de suite. Je vais être plus malin qu'elle, je vais d'abord essayer de ruser.

– Je suis sûr que j'avais ma tablette en arrivant ici. Je dois aller sur Snapchat, c'est urgent, très urgent, il faut que je trouve du réseau tout de suite pour parler à ma mère.

– À ta mère ou à tes copains ?

– À qui je veux !

– Alors autant te le dire tout de suite, c'est impossible. Il n'y a pas de WiFi dans la maison. Les ondes ne passent pas.

– Non mais, comment tu fais, c'est dingue ! Et s'il y a un accident ?…

Elle m'interrompt sèchement :

– J'ai un téléphone fixe. J'en ai installé à chaque étage du château. Avec ça je me débrouille très bien.

– Et Internet ? Tu l'as, j'en suis sûr, tu m'as dit hier soir que tu avais écrit un mail à mes parents !

– Bien sûr que j'ai Internet, pour qui tu me prends ! Dans mon bureau, en haut de la tour. J'y monte trois fois par jour lire mes mails et y répondre, c'est tout, et c'est largement suffisant ! Et s'il y a quelque chose d'urgent, on m'appelle sur mon fixe.

– Mais tu vis à l'époque des dinosaures ! Vous êtes des sauvages, en France ! Nous, en Australie…

Je répète exactement ce que m'a dit Jessie quand j'attendais à l'aéroport.

Seulement, ça ne lui plaît pas du tout, à ma grand-mère !

– C'est vous, les jeunes, qui êtes des sauvages ! Vous êtes complètement accros à vos ordis et à vos portables. Dans la vie, pour faire les choses correctement, il faut prendre le temps de réfléchir. Si on passe sa vie le portable collé à l'oreille…

Aïe-aïe-aïe ! Elle est passée en mode « Morale ». Et je sais d'avance ce qu'elle va me dire. La même chose que ma mère, Mark et mes profs, je connais le refrain par cœur : « Les portables abîment le cerveau ! À cause d'eux et de vos tablettes, vous, les jeunes, vous ne dormez plus assez ! Au lieu de faire des textos jusqu'à deux heures du matin et d'aller sur Internet toutes les deux minutes, vous feriez mieux de lire ! Avec tous ces engins connectés, vous aurez bientôt un QI plus bas que celui d'un âne ! Et encore ! Les ânes sont plus intelligents que vous… »

Pas de souci, je sais comment m'en tirer. Je vais faire comme avec mes parents quand ils partent là-dessus : je vais me mettre en mode « Silence », attendre que ça passe, et quand ce sera terminé, je reviendrai au vrai sujet.

Mais ce matin, pas moyen de me contrôler, je passe direct en mode « Crise » :

– MA TABLETTE ! JE VEUX MA TABLETTE !

Et maintenant que j'ai commencé, je ne peux plus m'arrêter :

– Parce que moi, ÇA FAIT DES HEURES que je suis sans réseau, je vais disjoncter ! C'est *SURVIVOR*[3], ce qui m'arrive ! Je veux du réseau ! Maintenant, tout de suite, sinon… Sinon je vais mouri-i-i-i-r…

J'en ai le souffle coupé, tellement j'ai crié. Ça n'impressionne pas ma grand-mère, au contraire. Elle profite de mon essoufflement pour me répondre très calmement :

– Je n'ai encore jamais vu quelqu'un mourir parce qu'il avait égaré sa tablette. Allons, mon petit coco…

Rien qu'à la façon dont elle rit en disant « mon petit coco », je comprends qu'elle m'a confisqué ma tablette de peur que j'aille me connecter en douce là où ça capte, dans son bureau, en haut de la tour. Mais elle ne va

[3] Émission de téléréalité australienne qui est l'équivalent de *Koh Lanta*.

pas crier victoire longtemps : j'ai d'autres cartouches en réserve. Le mode « Crise » n'a pas marché. OK, pas grave, il me reste encore le mode « Marchandage »...

Je prends donc ma voix la plus gentille et je commence à négocier :

– S'il te plaît, Mamie Mimi... Je ne pourrais pas aller dans ton bureau pour me connecter ? Juste deux minutes. Là, je ferai un petit message à ma mère, un autre à mes petites sœurs, et un dernier à un copain. Ça prendra deux ou trois minutes. Enfin, cinq maximum, je te le promets...

Si je m'attendais à la réponse de ma grand-mère ! Ça ne rigole plus, mais alors, plus du tout ! Et ce qu'elle m'annonce est monstrueux :

– Pas question de te connecter maintenant. Tes parents ne veulent pas. Quand j'ai accepté de te prendre pour les vacances, ils me l'ont bien spécifié : pendant tout ton séjour à Sombreuse, pas d'Internet, sauf un quart d'heure le soir avant le dîner.

– Un quart d'heure !

J'en étouffe, tellement je suis écœuré.

Mais elle maintient :

– Oui, quinze minutes et pas une de plus ! Et n'essaie

pas de faire le malin, je suis totalement d'accord avec tes parents.

Ma mère, Mark, et maintenant ma grand-mère... C'est un complot !

Et comme j'aurais dû le prévoir, elle se remet en mode « Morale » :

– Parce qu'ils en ont ras le bol, tes parents, de te voir scotché toute la journée à ton portable et à ta tablette ! Ils pensent que ce séjour à Sombreuse, où on a du mal à capter, c'est l'occasion rêvée pour te forcer à décrocher. Regarde la crise que tu viens de faire ! Tu es un drogué du réseau, Tom. Et tu sais ce qu'on leur fait, aux drogués ? On les met en cure de désintoxication !

Je le savais, c'est bien un complot. Un complot de famille. Ils se sont tous ligués contre moi.

Je crois alors revoir la tête de vipère de la Mamie Mimi de mon enfance.

OK. Elle va voir ce qu'elle va voir. Je vais la provoquer :

– Pas grave, j'ai apporté ma console !

Raté ! Au lieu de piquer sa crise, Mamie Mimi se remet à rire :

– Ta mère m'en a aussi parlé, de ta fichue console ! Mais je te l'ai confisquée aussi. Tu étais tellement sonné par le décalage horaire que tu n'as rien entendu ! Mais ne t'affole pas, il y a quantité de choses très intéressantes à faire à Sombreuse. Explorer le domaine, par exemple, aller voir les cerfs.

Les cerfs ? Elle se fiche de moi ! Pourquoi pas les kangourous, tant qu'on y est !

Mais, sans pitié, elle continue :

– Aujourd'hui, avec Alex, on a prévu de te faire découvrir le jardin et la culture bio. Tu vas voir, c'est passionnant. Et pour demain, quand tu seras complètement remis de ton décalage, on a prévu une surprise…

Qu'est-ce qu'elle va encore inventer ? Quel nouveau cauchemar ?

– Une idée d'Alex, précise-t-elle.

Alex dans le complot, il ne manquait plus que ça ! De quoi il se mêle, celui-là ? Il ne fait même pas partie de la famille !

La petite voix intérieure se réveille alors et me souffle : « Attaque-la sur Alex… Là, elle va vraiment piquer une crise. Et te renvoyer en Australie… »

Aussitôt dit, aussitôt fait :

– Je suis sûr que tu n'as pas dit à maman que tu as un fiancé.

– Bien sûr que si ! Pourquoi je le cacherais ? Elle ne t'en a pas parlé ?

– Non.

– Aucune importance, maintenant, tu le sais.

– Mais Alex et toi, un truc pareil, c'est pas possible ! Un fiancé, à ton âge ! Maman est contre, j'en suis sûr !

– Au contraire, elle est ravie.

– Tu ne lui as sûrement pas dit qu'Alex a dix ans de moins que toi ! Eh bien, moi, je vais lui dire !

Elle ne s'énerve pas. Elle se contente de me répondre :

– Je crois que tout ça ne te regarde pas.

Puis elle se met à me fixer sans dire un mot.

Ça m'abat. Décidément, ma mère, Mark, ma grand-mère, Alex, ils sont tous contre moi. Ils me privent de réseau, ils décident de ma vie, ils me font la morale non-stop, ils ne se rendent même pas compte que je vais avoir treize ans demain ! Et à treize ans, on a le droit d'être libre, non ?

Il se passe alors en moi une chose très bizarre. La petite voix se tait, remplacée pas une force obscure qui gronde au fond de mon cerveau comme un volcan qui va exploser.

J'ai l'impression que ma tête fume de partout. Pourtant, je me tais. C'est le mode « Crise » en muet. Je ne crie pas, je ne hurle pas, mais mes pensées s'inscrivent en grandes lettres rouges au fond de ma cervelle : « JE VEUX RACONTER TOUT ÇA À JESSIE ! DU RÉSEAU, VITE ! ET D'ABORD, JE VEUX PARTIR ! JE VEUX, JE VEUX… »

Malheureusement, rien ne sort de ma bouche. J'ai l'impression que mes lèvres sont scotchées.

N'empêche, j'en suis certain : tôt ou tard, je vais craquer.

Chapitre 6
L'affaire du steak de soja

La journée a vraiment très mal commencé. Et pourtant le ciel, juste après le petit déjeuner, est entièrement bleu. Pas un nuage. Et un soleil éclatant, qui réchauffe un peu. Un peu plus, et je me croirais en Australie !

Pourtant, la situation empire. Le téléphone de ma grand-mère sonne. Son téléphone fixe, évidemment. Quelle ringarde !

Elle bondit aussitôt sur l'appareil. J'en profite pour ricaner :

– Tu vois, toi aussi, t'es accro ! Regarde comment tu sautes sur ton téléphone ! C'est ton fixe, mais t'es quand même accro !

– Je te l'ai déjà dit, on ne m'appelle que pour les urgences !

– Moi aussi, mon Snapchat, c'est urgent !

– Arrête, Tom, je sais pourquoi on m'appelle. Cette histoire d'ours malade, c'est grave.

Et elle décroche. En effet, on l'appelle pour l'ours malade.

Dès qu'elle raccroche, évidemment, elle se remet en mode « Morale » :

– Le téléphone, dans cette maison, c'est pour les choses IMPORTANTES ! Pas pour des bla-bla interminables et complètement crétins !

C'est son tour de crier. Il y a vraiment de l'électricité dans l'air. Elle me repousse d'un revers de main, sort du hall en trombe et bondit dans sa voiture électrique.

Un cyclone sur pattes, ce matin, ma grand-mère. Je me retrouve en face de la vieille armure installée en bas de l'escalier en colimaçon sans trop savoir quoi faire.

C'est là qu'arrive Alex :

– Allez, oublie. On va jardiner ensemble, tu ne vas pas voir passer le temps… Et puis, regarde le soleil qu'il fait !

Me voici donc au jardin. Il est vraiment cool, Alex. N'empêche, le temps, je le sens passer !

Combien d'heures avant le moment où je pourrai me connecter ?

Je fais le compte : dix.

Il fait beau, oui, et des oiseaux de la forêt se sont mis à chanter. Mais moi, je n'ai qu'une envie : hurler ! JE VEUX ME CONNECTER, VITE !

Au bout d'un moment, j'essaie de me raisonner. Je me dis : « J'ai réussi à garder ma casquette, c'est toujours ça de pris. De toute façon, avec le temps qu'il fait, ma grand-mère ne va pas pouvoir m'imposer de porter un bonnet. »

Alex a vraiment envie que ça s'arrange entre nous, il m'explique le fonctionnement du jardin avec beaucoup de gentillesse :

– Ici, tout est bio. Avec ta grand-mère, on mange autant que possible ce qu'on produit nous-mêmes. Ta confiture de framboises du petit déjeuner, par exemple…

Il m'entraîne devant une rangée d'arbustes :

– Mimi et moi, on a cueilli les fruits sur ces petits arbres. Ensuite j'ai fait les confitures.

– Pourquoi toi, et pas elle ?

– Elle ne sait pas les faire. Moi, si.

Je ricane :

– C'est pas plutôt un truc de grand-mère, de faire les confitures ?

– Ta grand-mère sait faire autre chose. Se battre pour la planète, par exemple. Elle est très douée pour ça. Bien plus que moi.

Il se dirige maintenant vers la cabane à outils :

– On va déterrer des légumes. Ensuite, on rentrera les cuisiner pour le déjeuner.

Ah bon ? Alex fait la cuisine, en plus des confitures ? Et pendant ce temps-là, ma grand-mère va s'occuper des ours menacés par le changement climatique ? Bon, il faut que je m'habitue.

Nous pénétrons dans la cabane. Une liste de légumes est affichée à l'un des murs. Je lui demande pourquoi.

– Ici, la règle, c'est de manger des produits de saison, me répond aussitôt Alex. Pas de tomates en ce moment, par exemple, c'est l'hiver. Ni de fruits, sauf les pommes. À la place, regarde…

Je consulte la liste :

Choux	Épinards	Rutabagas
Navets	Potirons	Topinambours
Mâche	Panais	

Je connais certains de ces légumes, mais beaucoup d'entre eux ne me disent rien du tout. Je me retourne vers Alex :

– C'est quoi, des panais ?

– Un genre de carottes.

– Et les topinambours ?

– Un genre de pommes de terre.

– Et les rutabagas ?

– Un genre de navets.

– Et les navets ?

– Tu ne connais pas les navets ?

– Non.

Alex est surpris. Moi, je m'inquiète :

– On va en manger à midi ?

– Non. Aujourd'hui, on mange des endives. D'ailleurs, on va les déterrer…

Il sort, m'emmène dans un coin du jardin et, après quelques coups de binette, extrait quelques étranges salades de la forme d'une fusée, toutes blanches, avec seulement du vert à la pointe.

Je n'en ai jamais mangé. Je suis de plus en plus inquiet.

Mais Alex est vraiment gentil. Il m'explique tout, je commence à prendre goût au travail au jardin.

Même chose un peu plus tard, à la cuisine, quand il prépare le repas. Il fait cuire ses endives à la vapeur, prépare une sauce au fromage, en nappe les légumes, puis les fait gratiner au four. Bien sûr, je préférerais qu'il me cuisine un hamburger ananas grillé-tomate-mayonnaise-œuf sur le plat. Mais je dois reconnaître que l'odeur de son gratin me fait saliver.

Je jette malgré tout un œil à l'horloge de la cuisine. 12 h 30. Encore sept heures à tenir avant de pouvoir me connecter. Je ne vais jamais y arriver.

Et voilà que Mamie Mimi déboule dans la cuisine :

– Ah, cette fois, mon ours est tiré d'affaire !

Comme tout à l'heure, un cyclone sur pattes, ma grand-mère ! Sauf qu'elle n'est plus du tout de mauvaise humeur.

– Waouh ! Ça sent bon !

Tiens, elle dit « waouh » quand elle est joyeuse, comme moi. Où est-ce qu'elle a appris ça ? En tout cas, elle a dû oublier l'affaire de ce matin. Si je réessayais le mode « Marchandage » ? En étant malin, j'arriverais peut-être à obtenir l'autorisation de me connecter tout de suite après le repas. Comme Jessie me manque !

Mamie Mimi est maintenant assise à table. Elle me désigne le plat et me sert :

– Tu vas te régaler ! Je suis sûre que tu n'as jamais mangé de gratin d'endives ! Pas grave, ce sera comme le portable et la tablette, tu vas t'habituer !

Elle n'a rien oublié.

Rien de rien, et voici qu'elle me reparle de ma casquette !

– Ah ! tu y tiens vraiment, à ce truc moche ! Vous portez tous des horreurs comme ça, en Australie ?

Elle me provoque. Je fais semblant de ne pas entendre, mais j'ai l'impression, comme ce matin, qu'il me sort de la fumée par les narines et les oreilles.

Mais elle se tourne déjà vers Alex. Il fait rissoler des steaks dans une poêle :

– Je meurs de faim !

– C'est prêt ! répond Alex, avant de déposer dans mon assiette une chose bizarre et d'annoncer triomphalement : Steak de soja !

Je repousse immédiatement mon assiette :

– J'en veux pas.

– Tu connais le soja, quand même ! s'exclame ma grand-mère.

– Évidemment ! Mais c'est une plante, le soja, pas de la viande ! On ne peut pas en faire un steak !

– C'est ce que tu crois, mais tu te trompes. Et on va

en consommer de plus en plus, de ce genre de steaks à base de végétaux, car c'est très mauvais pour la planète de manger de la viande. Bientôt on mangera aussi des criquets grillés, comme les Chinois.

Je suis horrifié :

– Des criquets ?

– Oui, ça se cuisine très bien, les criquets. Avec Alex, l'autre jour, on en a goûté chez une amie. Elle nous les a servis grillés et enrobés de chocolat. Ce que c'était bon ! Alex va apprendre la recette et il va t'en faire…

Les criquets au chocolat, c'est le mot de trop. Mon volcan intérieur explose. Je saisis à pleines mains le steak de soja et le balance sur le mur d'en face.

Je renverse ma chaise et me précipite dans le hall, je m'empare de ma parka et je sors en claquant la porte du château. Je me mets à courir, courir, courir sans m'arrêter en direction de la forêt.

J'ignore où je vais, ni comment je vais me débrouiller. Je ne sais qu'une chose : il me faut de toute urgence un ordi, une tablette, un portable, n'importe quel objet connecté pourvu que j'aie du réseau et que je puisse parler à Luke, à Jonathan ou à Jessie – surtout à Jessie.

Et personne ne me rattrapera. J'en ai vraiment ras le bol, ou plutôt ras la casquette, de ma grand-mère.

Premièrement, elle ne vient pas me chercher à l'aéroport. Deuxièmement, mes autres grands-mères font la cuisine et pas elle ! Troisièmement, sa nourriture bio ! Jamais je n'avalerai ses légumes qui portent des noms à coucher dehors, topinambours, rutabagas, je ne sais plus trop quoi encore. Et des criquets au chocolat ! Alors qu'en France, comme m'a dit Jessie, je suis au pays des frites. Ouais, bon, il y a les croissants. Mais quand même !

Et puis, je ne veux pas que ma grand-mère se marie avec Alex. Ça aussi, c'est insupportable. Presque autant que d'être privé de réseau.

Dans la poche intérieure de ma parka, j'ai l'argent que ma mère m'a donné avant de partir. Avec ça, je vais pouvoir me payer une connexion dans un cybercafé. J'ai déjà fait ça dans un village perdu d'Australie un jour où mon portable était tombé en panne.

J'ai déjà mon plan. Je vais rejoindre la route, ensuite la ville, et là…

Tiens, justement, la voici, la route. Je l'aperçois derrière les arbres, à côté d'une grosse maison de briques rouges. Je vais sonner à la porte pour demander mon chemin.

Je cours de plus en plus vite. Je n'ai plus peur de rien.

Miracle : il y a quelqu'un devant la maison.

Je m'arrête net. Je suis à bout de souffle, mais surtout figé par la surprise. Le quelqu'un, c'est une fille.

Elle doit avoir le même âge que moi. Qu'est-ce qu'elle est jolie ! Presque autant que Jessie.

Non, plus que Jessie. Beaucoup plus. Mon cœur s'emballe.

D'autant que cette fille tient un objet plat et noir à la main ! Un Smartphone ! Je suis sauvé !

Je prends mon courage à deux mains et, de la même voix forte que Bad Ben dans la pièce que j'ai jouée à l'école, je lui lance :

– Bonjour !

Chapitre 7
Emma

La fille ne m'a pas vu arriver, elle sursaute.

Puis elle me dévisage. Sous l'effet de la surprise, elle pâlit. Ça crée un contraste avec ses longs cheveux noirs. Elle me semble encore plus jolie.

Mais ma voix ne l'a pas du tout impressionnée. Elle ne me rend pas mon bonjour.

Que faire ?

Aucune idée.

Le silence s'éternise. Je ne sais toujours pas quoi dire. Et je n'ose pas m'approcher.

La fille me tire d'embarras, c'est elle qui s'avance vers moi :

– Pourquoi tu courais ? Qu'est-ce qui se passe ?

Cette fois, j'évite de parler comme Bad Ben. Je la joue prince charmant, je prends une voix douce :

– J'ai des ennuis. Je dois joindre mes parents d'urgence, mais je n'ai pas de portable. Tu ne peux pas me passer le tien ?

Je désigne l'objet noir que la fille tient dans sa main.

Aussitôt, elle est prise d'un fou rire :

– Il faut que tu t'achètes des lunettes !

Et elle me fourre l'objet noir sous les yeux.

Atroce déception. En fait de Smartphone, c'est un carnet ! Je deviens fou, je suis tellement accro au réseau que j'hallucine, je vois des portables partout ! La honte !

Je sens que je rougis jusqu'à la pointe des oreilles. Et je suis cloué sur place. Pire que si j'étais tombé dans une marmite de glu.

Elle ne se moque pas de moi. Au contraire, j'ai l'impression qu'elle veut m'aider :

– T'as un problème ?

– Non… Enfin… si. Je suis stressé, avec cette histoire de réseau. Il faut que je joigne des gens et…

Elle ne me laisse pas finir :

– Où tu habites ?

Curieuse, elle me fixe avec intensité. Ses yeux sont magnifiques.

Qu'est-ce que je vais bien pouvoir lui raconter ?

Si je commençais par lui demander son prénom ? Ensuite, je verrai.

– Je m'appelle Tom, et toi ?

– Emma.

Elle secoue ses longues boucles noires, les éparpille sur ses épaules et m'adresse un sourire malicieux.

– Alors je sais où tu habites. Au château. Tu es le petit-fils de Mimi.

Mimi ! Elle appelle ma grand-mère « Mimi » ! Comme Alex. Elle doit la connaître depuis longtemps.

Ça me donne un petit pincement au cœur, comme quand je suis jaloux.

– Elle est formidable, ta grand-mère !

– Depuis quand tu la connais ?

– Depuis toujours ! Je suis née ici. Mimi nous a vendu la maison. Elle est aussi ma marraine.

Je suis stupéfait. Et presque jaloux. Du coup, je décide de la narguer :

– Moi aussi, je suis né ici. Mais au château.

– Je ne t'ai jamais vu.

– Non, mon père est mort quand j'avais cinq ans. Ma mère s'est remariée et ensuite on est partis vivre en Australie. Tu sais où c'est, l'Australie ?

– Oui, je vois, merci !

Ça n'a pas l'air de lui faire de l'effet, que j'arrive d'aussi loin. Elle prend un air songeur.

– Peut-être qu'on s'est quand même vus quand on était petits ?

– Je ne sais pas. Je n'ai presque pas de souvenirs d'ici. Ta maison, en tout cas, je ne l'ai jamais vue.

Elle est pensive, maintenant, elle se mordille les lèvres. Et elle ne dit plus rien. Je l'ai peut-être vexée. Je décide de la questionner à mon tour :

– Mais toi, comment tu sais que je suis le petit-fils de Mimi ?

– Avec mes parents et mon petit frère, on va souvent chez ta grand-mère. Dès qu'Alex et elle reviennent de leurs expéditions, ils nous invitent. Un jour, Mimi m'a montré sa chambre. Il y avait des tas de photos de toi quand tu étais petit. C'est comme ça que je t'ai reconnu. En fait, tu n'as pas beaucoup changé. Tu es toujours aussi blond !

Des photos de moi dans la chambre de Mamie Mimi ? Incroyable ! Et moi qui pensais que pour elle, je comptais pour du beurre…

– Et elle t'a dit ? continue Emma. Elle va se marier avec Alex. Elle va faire une grande fête et inviter toute ta famille. Tu as des petites sœurs, c'est bien ça ? Des jumelles, non ?

Elle en sait des choses, Emma ! J'hallucine ! Seulement ça ne change rien à mon problème : trouver du réseau, vite ! Je reviens à mon obsession :

– T'as un portable chez toi ?

– Oui. Mais depuis trois jours, il est en panne. Un problème de batterie. Et aujourd'hui, justement, mes parents sont partis avec mon petit frère pour le récupérer. La ville n'est pas tout près, ils vont en profiter pour faire des courses, ils ne seront pas rentrés avant ce soir. Il va falloir attendre…

Attendre, toujours attendre ! Mais je ne peux plus attendre !

Je le sens, je vais passer en mode « Crise ».

Non, pas devant cette fille.

Et de toute façon, dans mon intérêt, il vaut mieux la jouer malin si je veux me connecter rapidement.

– T'as un ordi ?

– Oui. Mais quand mes parents sortent, ils le mettent sous clef, ils ne veulent pas que je me connecte quand ils ne sont pas là.

Tiens, la même chose que ma mère. J'ai envie de lui dire : « Moi, c'est pareil ! », mais je me retiens à temps. Je préfère frimer :

– Oh la galère ! T'as vraiment pas de bol. Comment tu fais ?

Emma me montre son petit carnet noir :

– Puisque je ne peux pas échanger par textos avec mes copains, j'écris dans mon petit carnet.

– Waouh !

– Pourquoi tu dis « Waouh ! » ?

– Euh... je trouve ça fort. Écrire, c'est dur. Je t'admire.

– Pas si dur que ça. Une fois qu'on a commencé, on prend vite l'habitude.

– Mais qu'est-ce que tu écris ?

– Mes pensées, mes idées, ce qui m'est arrivé dans la journée. En fait, tout ce que je n'ai pas pu raconter à mes potes. Comme ça, j'oublie que je m'ennuie. Et en plus, je comprends mieux ce qui se passe dans ma tête. Ça me déstresse, ça me fait du bien.

Écrire dans un petit carnet au lieu d'envoyer des textos, je ne vois pas du tout le bien que ça peut faire. Mais je ne vais pas discuter de ça avec Emma. Elle peut dire ce qu'elle veut, ça ne me détournera pas de mon idée : me connecter et envoyer des messages à mes potes. Vite, vite, vite !

Je l'interromps :

– Tes parents… ils ont bien un ordi ?

– Oui.

– Si tu me le prêtes, je vais me connecter et…

– Je ne peux pas l'ouvrir, je n'ai pas le mot de passe. Mais Mimi… pourquoi tu ne lui demandes pas de te prêter le sien ? Dans son bureau, en haut de la tour, on capte !

Une seconde fois, je sens que je rougis jusqu'à la racine des cheveux. Et ça ne loupe pas, Emma comprend tout :

– Ah, je vois… Mimi ne veut pas que tu te connectes…

Il faut que je m'en aille. Je suis trop ridicule.

Je tourne le dos à Emma. Je suis à nouveau en colère. Mais contre moi, maintenant.

– Arrête ! crie alors Emma. J'ai la solution ! On va aller voir Mimi ensemble et c'est moi qui vais lui demander la permission !

– Ça ne marchera pas.

– Pourquoi ?

– Parce que.

– Parce que quoi ?

Cette fois, je n'ai pas le courage de mentir à Emma.

– On s'est disputés.

– Disputés ! Ah, c'est pour ça que tu courais quand tu es sorti de la forêt ! Tu as fait une bêtise ?

Elle est vraiment terrible, Emma. Elle n'arrête pas de me poser des questions, et moi, comme un idiot, je lui réponds chaque fois.

Il faut que je parte, vraiment.

Mais je n'y arrive pas. C'est même pire : au lieu de détaler, je lui raconte tout :

– Ma grand-mère a voulu me faire manger un steak de soja. À cause de son interdiction de me connecter, j'étais super énervé. Alors j'ai pris le steak et je l'ai balancé sur le mur de la cuisine…

– Ouh là ! Tu l'as balancé ?

– Oui.

– Eh bien, tu as raison ! Moi aussi, le steak de soja, j'ai horreur de ça. Seulement, si je le balançais sur un mur, mes parents…

Elle s'interrompt. Elle fronce les sourcils, puis elle sourit :

– Je crois qu'avec Mimi, ça peut s'arranger. Elle est très gentille, tu sais.

– Tu crois vraiment ?

– Oui.

– Bon, il faut que je me calme, alors. Mais je n'arrête pas d'avoir des ennuis, en ce moment, et c'est comme dans un film, chaque fois que j'en ai un, il est pire que celui d'avant. Il y a une semaine, je devais partir en stage de surf en Australie et la veille, ma mère…

Pourquoi est-ce que je me mets à raconter ma vie à Emma, alors que je ne la connais que depuis cinq minutes ? Avec Jessie, c'est normal, je la connais depuis la maternelle. Mais Emma ?

Emma, je lui parle face à face, c'est peut-être ça, la différence. La même qu'entre un film en 2D et un en 3D. Et c'est beaucoup mieux qu'un film. Parce que, si je voulais, je pourrais lui prendre la main, l'embrasser…

L'embrasser ? Je suis fou ou quoi ?! Je la connais à peine, et voilà qu'elle compte plus que Jessie. Qu'est-ce qui m'arrive ?

Pas le temps de chercher à comprendre, Emma me fait

un petit signe :

– Viens dans mon jardin, on sera mieux pour parler.

Il y a une balançoire et une vieille chaise en fer forgé dans le jardin d'Emma. Elle enfouit son petit carnet noir dans sa poche, s'installe sur la balançoire, et moi sur la chaise. À peine assis, je reprends mon histoire.

Un quart d'heure plus tard, elle sait tout de ce qui m'a conduit ici. Comment ma mère m'a annoncé que j'aurais un stage de surf à Yallingup pour mon anniversaire, comment tout a raté à cause du Chat Pacha, l'accident de mes parents, l'avion, le décalage horaire, ma découverte d'Alex puis de Mamie Mimi, ma rage d'être privé de réseau jusqu'à ce soir.

Et pendant que je parle, il se passe un phénomène très bizarre : plus j'avance dans mon histoire, moins j'y pense, au réseau. Avec Emma, comme le temps passe vite ! Je suis heureux.

Tellement que je me lève de la chaise pour arrêter la balançoire. Puis je lui prends la main. Je n'ai pas réfléchi, ça se fait comme ça.

Emma ne la retire pas. Ça m'encourage, je lui dis que je la trouve belle.

– Je te trouve beau, moi aussi, répond-elle. Et tu sais quoi ?

À nouveau, elle a ses petits yeux malicieux.

– Je vais t'accompagner chez Mimi. Elle doit te chercher partout. Si elle me voit avec toi, elle ne te fera pas d'histoires. Et même...

– Et même quoi ?

– Je vais parler à Mimi. Doucement, comme je fais avec mes parents quand je veux un truc. Parce que eux aussi n'arrêtent pas de m'embêter avec le réseau ! Pour l'instant, je n'ai droit qu'à une heure de connexion le soir quand j'ai terminé mes devoirs, et deux heures par jour le week-end. Alors tu vois, t'es pas le seul ! Et si je n'avais pas mon petit carnet pour me déstresser... Au fait, où je l'ai mis ?

Elle s'affole, tout à coup, se met à tâter toutes ses poches. Puis elle lâche un grand soupir de soulagement :

– Ah, il est là...

– Waouh, tu y tiens, à ce carnet ! On aurait dit que tu avais perdu ton portable !

Moi, à sa place, j'aurais rougi. Elle, non. C'est même tout le contraire. Elle me fixe comme au moment de notre rencontre, tranquillement et droit dans les yeux.

– Je te l'ai déjà dit. À force de raconter ce qui m'arrive dans mon carnet, mes ennuis, l'école et le reste, il est devenu mon meilleur ami.

Son meilleur ami ! Ça me rend jaloux.

Est-ce qu'elle s'en aperçoit ? Peut-être, car elle change de conversation :

– Mais qu'est-ce que je disais, déjà ? Oui… Mimi, je vais lui parler de ton affaire de connexion. Je vais y aller en douceur. Et tu vas voir, ça va marcher. OK ?

Je suis suspendu aux lèvres d'Emma. Tout juste si j'arrive à lui répondre :

– OK.

On repart ensemble dans la forêt. Le temps est toujours aussi beau. Certains bourgeons, dans les arbres, sont près d'éclater. Alex avait raison, ça sent le printemps.

Le château et sa tour se profilent bientôt derrière les arbres. Le paysage est magnifique. Je n'ai vraiment pas envie de rentrer. Et c'est bizarre, je sens qu'au fond de moi, il se passe quelque chose de nouveau. Comme si je découvrais un nouveau mode. Je ne sais pas comment l'appeler. Le mode « Parapente », peut-être. Je n'ai jamais fait de parapente, mais j'imagine que ça doit ressembler à ça : j'ai l'impression de ne plus toucher terre, de voler tranquillement dans une vallée magnifique. Tout en me disant qu'il va bien falloir atterrir à un moment ou à un autre. Et cela me rend un peu triste.

Je ne peux pas le garder pour moi. Il faut absolument que je le dise à Emma :

– Je voudrais qu'on n'arrive jamais chez ma grand-mère.

– Je suis comme toi.

Est-ce qu'elle a l'impression de voler en parapente, elle aussi ? Je n'ose pas lui demander.

Et maintenant elle répète, à voix basse, comme si on partageait un secret :

– Je suis vraiment comme toi.

Puis elle se redresse et soupire en secouant ses longs cheveux noirs :

– Mais ta grand-mère doit s'inquiéter. Et puis… Tu veux du réseau, non ?

Là encore, je lui dis dans la seconde ce que j'ai sur le cœur :

– Plus du tout depuis que je te connais.

Il faut malgré tout rentrer. Je ne veux pas l'avouer à Emma, mais je m'attends au pire. Cette fois, ma grand-mère ne va pas se contenter du mode « Morale ». Elle va monter jusqu'au plus terrible des modes, celui qu'avec Jonathan, Luke et Jessie, on appelle « Cris et hurlements ». Et devant Emma, ça, je me connais, je ne le supporterai pas.

Je me tourne donc vers Emma :

– Ma grand-mère…

Et justement, la voici. Mamie Mimi surgit d'entre les arbres comme un diable de sa boîte. Elle est suivie d'Alex. J'ai tout juste le temps de reprendre la tête insolente et butée que j'arbore depuis ce matin.

Je perds mon temps, elle ne s'en aperçoit même pas. Elle court vers moi, me serre dans ses bras.

– Ah, Tom, enfin !

Je la sens au bord des larmes. Puis elle est prise d'un rire nerveux.

– Et moi qui voulais te faire une surprise !

– Quelle surprise ?

Elle désigne Emma :

– Notre petite voisine ! Avec Alex, on voulait te la présenter demain, pour ton anniversaire. Parce que c'est bien demain que tu as treize ans, non ?

– Ah, oui…

Incroyable ! Avec toutes ces histoires, je n'y pensais

plus du tout, à mon anniversaire.

– On a prévu de faire une petite fête et d'inviter Emma et ses parents, poursuit ma grand-mère. Avant ton arrivée, Alex m'a dit : « Ce pauvre Tom, quand même, passer ses vacances avec nous… Et en plus, sans réseau… »

Elle embrasse maintenant Emma.

– C'était aussi une surprise pour toi, Emma ! En dehors d'Alex, seuls tes parents étaient dans le secret. C'est raté, maintenant que Tom t'a trouvée !

– C'est l'effet steak de soja ! s'esclaffe Alex.

– Mais moi aussi, le steak de soja, j'ai horreur de ça ! lance Emma.

Elle ne plaisante pas, contrairement à Alex. Elle me défend. Et elle a l'air très convaincue.

– Bon, OK, coupe Mamie Mimi. Allez, on oublie. De toute façon, le steak végétarien, ce n'est pas le fond du problème. La vraie question, c'est le manque de réseau ! Toutes ces histoires d'Internet et je ne sais plus trop quoi, là, Instagram, tout cet épouvantable zinzin qui vous mange la cervelle du matin au soir, à vous, les jeunes…

Ai-je échappé au mode « Cris et hurlements » pour subir une fois de plus le mode « Morale » ? J'en ai bien peur.

Mais non, les traits de Mamie Mimi se radoucissent :

– Allez, Tom, on n'en parle plus, on fait la paix, toi et moi ! Tu es là pour trois semaines, on ne va pas les passer à se disputer ! Puisque c'est tellement important, OK, je veux bien que tu te connectes tout de suite. Mais attention, seulement pour une demi-heure. Et demain, jour de ton anniversaire, on appellera tes parents et les jumelles sur Skype…

Sur Skype ! Elle connaît Skype, ma grand-mère !

Je voudrais bien lui demander comment elle connaît Skype et depuis combien de temps, mais impossible, elle parle maintenant à toute vitesse, pas moyen d'en placer une.

– Ensuite, on repartira sur les bases qu'on a fixées : une connexion par jour, le soir, quinze minutes avant le dîner. Allez, zou ! Maintenant, monte dans la tour et connecte-toi sur mon ordi. Alex va t'accompagner et te donner le mot de passe.

C'est alors que je m'entends prononcer les mots les plus stupéfiants que j'aie jamais dits :

– Non-non, c'est bon, je peux attendre. Je préfère rester avec Emma…

Pourquoi je dis ça ? Ce matin, si ma grand-mère m'avait autorisé à me connecter, j'aurais atteint le sommet de la tour en trente secondes !

Telle que je la connais, elle va sûrement tout comprendre. Et me charrier, si ça se trouve.

Oui, elle comprend. Mais elle ne se moque pas.

– Oui, tu as raison, tu ne peux pas laisser Emma toute seule. Bon, salut. Et quand tu voudras te connecter, préviens-moi. Ou dis-le à Alex.

Emma reste à Sombreuse tout l'après-midi. Il fait toujours aussi beau. Dans un coin de la forêt, on trouve des grandes pierres entre des arbres. Le soleil tombe juste dessus. On s'y assoit. C'est là qu'Emma me parle de ses parents :

– Ils sont très cool. Sauf pour ces histoires de réseau, comme ta grand-mère et tes parents. Par moments, comme toi, je vis l'enfer.

Emma m'apprend que son père adore le surf. Et plus surprenant encore, elle me dit que son champion préféré est Mike Fanning !

L'après-midi passe si vite que je ne pense pas à me connecter. Le lendemain non plus. Et pour cause : c'est le jour de mon anniversaire, et Emma est là.

Chaque fois que j'y repense, je me dis que ce jour de mes treize ans fut le plus beau jour de ma vie. Jamais je ne l'aurais imaginé, quand ma mère m'avait mis dans l'avion pour Paris !

Pour commencer, Alex nous a cuisiné des hamburgers ananas grillé-tomate-mayonnaise-œuf sur le plat. Ils étaient presque aussi bons qu'en Australie. Je lui ai demandé :

– Qui t'a dit que c'était mon plat préféré ?

C'est Mamie Mimi qui a répondu :

– Ta mère ! Skype, c'est pas fait pour les chiens !

– Mais depuis quand tu connais Skype ?

– Depuis Alex ! Au début de notre histoire, on était souvent séparés. Ça nous rendait un peu malheureux. C'est là qu'Alex m'a parlé de Skype.

– J'ai vraiment fait ça ? a plaisanté Alex. Je ne savais pas que j'étais un type aussi romantique…

Puis il s'est tourné vers moi :

– Jusqu'à présent, je croyais que ta grand-mère avait craqué pour moi parce que j'étais bon cuisinier !

La fête était de plus en plus gaie. Au moment du dessert, Alex a sorti du frigo un superbe gâteau au chocolat. Évidemment, c'est lui qui l'avait fait.

J'ai fait semblant d'être déçu :

– Ah bon ? Je m'attendais à un gâteau aux criquets, moi !

Tout le monde a éclaté rire. J'ai alors soufflé mes treize bougies et Mamie Mimi m'a tendu mon cadeau : une combinaison de surf en néoprène dernière génération. J'étais incapable de dire un mot, tellement j'étais heureux.

Emma et ses parents m'ont offert un DVD sur Mike Fanning.

– Papa a le même, m'a dit Emma. Dans le film, tu vas voir, il y a un moment incroyable quand il raconte comment il a échappé à un requin tueur.

D'habitude, j'étais toujours hyper concentré quand on me parlait de Mike Fanning. Mais Emma, à ce moment-là, c'est tout juste si je l'ai écoutée. J'avais l'impression que Mamie Mimi mijotait quelque chose.

Je ne m'étais pas trompé. Subitement, elle s'est levée :

– J'ai une grande nouvelle à vous annoncer…

– Arrête, ai-je lancé, je la connais, ta grande nouvelle ! Tu vas te marier avec Alex !

– Bien sûr qu'on va se marier. On a même la date, en juillet. Mais le mariage… On va le célébrer en Australie…

– Pendant les vacances d'hiver ?

– Oui, je me suis renseignée, il fera beau, il y aura du soleil…

Ma grand-mère en Australie ! Alors ça ! Et pour son mariage !

Puis je me suis dit : « Emma ne sera pas là », et je me suis senti affreusement triste. Décidément, qu'est-ce qui m'arrivait, avec Emma ?

Et ma grand-mère, qui continuait avec ses histoires de mariage :

– Vous savez où on va faire la cérémonie ?

On a tous séché.

– Vous donnez votre langue au chat ?

On est tous partis d'un grand « Oui ! ». Moi aussi, malgré ma tristesse. Et ma grand-mère a repris :

– À Yallingup !

Là, je suis resté bouche bée. Mais je n'étais pas encore au bout de mes surprises. D'un large mouvement de bras, Mamie Mimi a désigné Emma, ses parents et son petit frère.

– Alex et moi, on vous invite tous là-bas ! Comme ça Emma et Tom pourront apprendre le surf ensemble…

J'ai failli lâcher un grand « Waouh ! » et faire la danse des kangourous autour de la table d'anniversaire, mais je me suis retenu. J'avais treize ans, maintenant. Et avec tous les événements qui m'étaient tombés dessus, j'avais l'impression d'avoir terriblement grandi. Pas physiquement. Grandi dans ma tête.

J'ai préféré chambrer Mamie Mimi :

– Toi, t'as comploté avec ma mère !

– Évidemment ! Skype, toujours !

Et elle s'est mise à rire. Elle n'arrêtait plus. C'était le bonheur de son futur mariage avec Alex, et l'idée que toute notre famille soit enfin réunie. Je crois que ça lui plaisait aussi qu'on soit si proches, déjà, Emma et moi.

Malgré tout, elle a fini par se calmer et m'a pris par la main :

– Tom, on ne se disputera plus jamais à cause du réseau, promis ?

– Promis !

À partir de là, mes trois semaines à Sombreuse ont filé sans que je m'en aperçoive. Emma est venue tous les jours. On a fait des tas de choses ensemble. On a exploré les souterrains du château, on a regardé les films que ma grand-mère avait tournés avec mon père pendant leurs expéditions sur les volcans. Un jour, Mamie Mimi nous a raconté l'histoire du château depuis le Moyen Âge. Une autre fois, elle nous a emmenés au zoo dont elle avait sauvé l'ours. Quand on est rentrés, elle nous a parlé de la vie sur la banquise. Elle avait connu les Inuits du temps où ils vivaient dans des igloos, c'était passionnant. On était fascinés, Emma et moi.

Tous les deux, on a aussi fait du jardinage. C'était fatigant, mais là encore, je n'ai pas senti le temps passer. Tout me paraissait plus facile et plus léger du moment qu'on était ensemble.

J'ai quand même continué à me connecter. Pas très souvent, juste pour envoyer à Jonathan, à Luke et à Jessie des photos du château, comme je leur avais promis. En fait, je ne savais pas trop quoi leur dire. Surtout à Jessie. Je lui parlerais d'Emma plus tard. Mais j'attendrais de la voir, je ne ferais sûrement pas ça par texto.

C'est comme ça que j'ai cessé d'être accro au réseau.

Aujourd'hui, veille de mon départ, je me dis en me réveillant : « C'est mon dernier jour avec Emma. Comment faire pour communiquer avec elle ? Snapchat, ça ne sera pas pareil… »

Jusque-là, je n'y avais pas réfléchi. Je calcule alors le

temps qui me sépare du jour où je la retrouverai : quatre mois et demi. Ça me déprime.

Quand je descends prendre mon petit déjeuner dans la cuisine du château, je ne peux rien avaler.

Ma grand-mère, comme le jour de mon arrivée à Sombreuse, est assise devant son bol de céréales bio. Je constate qu'elle aussi a le même don que le Chat Pacha : elle devine toutes mes pensées et comprend immédiatement ce qui m'arrive.

Alex vient de sortir de la cuisine. Elle ne me demande pas pourquoi je ne mange rien, elle me dit simplement :

– J'ai quelque chose à te montrer. Suis-moi dans ma chambre.

C'est la première fois que j'y entre. Sur les murs, comme me l'a dit Emma, il y a des tas de photos de moi.

Mais pas seulement. À la droite de son lit, tout un pan de mur est couvert de photos de gens de la famille.

Elle m'en désigne une.

– Ton grand-père. Je l'ai rencontré quand j'avais dix-sept ans. Il en avait vingt. On s'aimait comme des fous. Ses parents étaient médecins dans une petite ville africaine perdue au fond du Sénégal. Qu'est-ce que j'ai été mal, le jour où il a pris l'avion pour retourner là-bas ! Mais on s'est écrit tous les jours. Regarde…

Elle ouvre un placard et sort un carton poussiéreux débordant de vieilles lettres.

À tous les coups, elle va me conseiller d'écrire des lettres à Emma. Je hausse tout de suite les épaules.

– Les lettres, la poste, c'est comme le téléphone fixe, c'est terminé, tout ça !

Mais ma grand-mère a une autre idée en tête.

– Sauf que maintenant, il y a le mail.

– Les mails, quelle galère !

– Pourquoi ?

– Parce qu'il faut écrire !

– Tu n'écris pas, quand tu chattes ?

– Si, mais vite fait, cash, direct, avec des abréviations, et puis j'ai la réponse tout de suite !

Je veux sortir, mais ma grand-mère me rattrape.

– Eh bien, justement ! Vite fait, cash, direct… Et le décalage horaire, tu y as pensé ? Quand tu seras réveillé, Emma, elle, dormira ! T'as plus que les mails, mon coco. Emma les lira quand elle sera réveillée. Toi, à ce moment-là, tu dormiras et tu feras comme elle, tu les trouveras à ton lever…

Je ne sais pas quoi lui répondre. Du coup, elle en profite pour poursuivre :

– Tom, quand on écrit un mail à quelqu'un qu'on aime, on dit forcément des choses plus intéressantes. Plus profondes. Et la personne à qui tu écris comprend tout de suite que ça va plus loin qu'un texto envoyé vite fait, avec des tas d'abréviations et tous vos trucs, là, les smileys, les emojis…

Décidément, je vais de surprise en surprise, avec ma grand-mère. En plus de Netflix et de Skype, elle connaît les smileys et les emojis !

Je pourrais faire l'insolent, lui demander si elle en met dans ses textos, des emojis et des smileys, mais elle ne m'en laisse pas le temps.

– Regarde !

Maintenant, dans le vieux carton, elle s'empare d'un paquet de lettres et l'agite sous mon nez :

– Tu as vu les enveloppes ? Les dates, là, sur le cachet de la poste ? Celle-ci, tiens !

Je lis : « 3 novembre 1976. »

– Tu as vu quand je l'ai envoyée ? Eh bien, regarde la date de la réponse de ton grand-père !

Elle me tend une autre enveloppe.

– 1er décembre 1976 ! Trois semaines entre ma lettre et sa réponse. Et ces deux-là, tiens !

Elle brandit deux autres lettres et à nouveau, me pointe les cachets apposés sur les timbres.

– 3 février 1977 ! Et la réponse, 2 avril 1977 ! Il y avait eu une grève de la poste, ma lettre est restée bloquée dans un centre de tri ! Ton grand-père l'a eue deux mois plus tard…

Je suis incapable de dire un mot, tellement j'hallucine. J'ai vraiment l'impression que ma grand-mère a vécu à l'âge de pierre. Mais elle devine encore mes pensées.

– C'est fou, hein ! Mais ça ne nous a pas empêchés de continuer à nous écrire ! Plus le temps passait, plus on était amoureux. Avec ce qu'on s'écrivait, on se connaissait et on se comprenait mieux. En plus, quand on était tristes d'être séparés, on les relisait, ces lettres. On peut aussi faire ça, avec des mails… C'est comme ça que j'ai maintenu le contact avec Alex, au début de notre histoire, quand on a été séparés. Il n'y a pas eu que Skype, tu sais… On s'est écrit. Et j'ai imprimé tous nos mails. Et comme les lettres de ton grand-père, je les garde…

La voix de ma grand-mère tremble, quand elle dit ça. Elle est émue.

Moi aussi, mine de rien. Je fais pourtant le dur :

– Oui, mais bon, c'est plus l'époque ! On a Snapchat et les SMS, maintenant. Et puis, c'est trop compliqué d'écrire un mail !

– Pourquoi ?

– Ça m'embête, d'écrire, voilà ! Et puis bon, ça va !

Pour la seconde fois, j'essaye de partir. Mais ma grand-mère est vraiment têtue. Cette fois-ci, elle me barre carrément le passage.

– Toi, écrire, ça t'embête. Mais Emma ?

– Quoi, Emma ?

– Tu n'as pas remarqué ? Son petit carnet noir... Elle l'a toujours dans sa poche et je l'ai vue trois ou quatre fois y griffonner des choses. Pour moi, c'est une fille qui aime écrire. Ça lui fera sûrement très plaisir que tu lui proposes d'échanger par mail avec toi. Ça maintiendra le lien entre vous jusqu'au mois de juillet.

Puis elle se retourne vers la photo de mon grand-père.

– Ton grand-père et moi, on a passé un an sans se voir. Puis il est revenu d'Afrique. Je ne sais plus pourquoi, il est revenu par bateau, à Marseille, et je suis allée l'attendre au port. Sur le quai, qu'est-ce que j'avais peur ! Et lui aussi... Mais grâce à nos lettres, quand on s'est retrouvés, c'était comme au premier jour ! Dès qu'il m'a vue, du haut de la passerelle, il a rougi jusqu'à la pointe des oreilles ! Ça, je peux te dire, c'est un signe qui ne trompe pas !

Puis elle soupire et me fixe en plissant les yeux à la façon du Chat Pacha.

– Enfin, je te dis ça mais… tu fais ce que tu veux.

En sortant de la chambre de Mamie Mimi, je me dis : « Tout ça, c'est des histoires de grand-mère… » Pourtant, deux heures plus tard, lorsqu'on se retrouve, Emma et moi, pour la dernière fois avant mon départ, je lui demande :

– Et si on échangeait par mail jusqu'à ce que tu viennes en Australie ? Parce que les textos, euh… enfin, bon… Et puis… le décalage horaire… Quand tu seras réveillée, je dormirai, et inversement, donc pour communiquer… Alors j'ai pensé, si on… communiquait par…

– Par mail ? m'interrompt Emma. Je voulais justement te le proposer !

On éclate de rire : on a pensé les mêmes choses au même moment.

Ainsi, c'est par mail qu'on a échangé, Emma et moi,

pendant quatre mois et demi, jusqu'à ce qu'on se retrouve pour le mariage de ma grand-mère et d'Alex.

On a fait des fautes d'orthographe, ça, c'est sûr. Surtout moi ! Et on a utilisé des abréviations, comme dans les textos. Mais moins. On a fait plus de vraies phrases.

J'ai fini par comprendre pourquoi : on a beaucoup plus de vraies choses à se dire.

Ça ne m'a pas empêché de continuer à envoyer des SMS à Jessie, à Luke et à Jonathan. Mais c'était différent. Ça comptait beaucoup moins que les mails que j'échangeais avec Emma. Elle, quand je lui écrivais, je réfléchissais davantage. Et comme me l'avait prédit ma grand-mère, j'ai appris à attendre. Au début, ça m'a rendu furieux de ne pas recevoir de réponse d'Emma dans la seconde. Mais peu à peu, je me suis habitué et ça m'a passé.

Enfin, le mois de juillet est arrivé. Emma, avec toute sa famille, a pris l'avion pour Sydney.

Le matin où elle est arrivée, on s'est retrouvés comme au premier jour. La preuve : quand elle a passé la douane, à l'aéroport, et qu'elle s'est avancée vers moi, je me suis senti rougir jusqu'à la pointe des oreilles.

Le mot de l'auteur

On m'a demandé si je souhaitais dédier ce livre à quelqu'un. J'ai failli répondre : « À moi ! »

Il y a un an, le second de mes petits-fils a passé nos vacances en famille à mitrailler ses potes de textos. Ses copains lui répondaient instantanément. Du coup, pendant quinze jours, la bande-son de la maison a été celle d'une tempête incessante de « ztinng ! » et de « frouitt ! ». Ses rafales électroniques nous laissaient au mieux un répit de soixante secondes.

Mon addiction à la diabolique machine est cent fois inférieure à celle de mon petit-fils. Sauf qu'hier, j'ai égaré mon portable dans mon appartement. Pour le retrouver, je l'ai appelé depuis mon fixe. C'est ma propre voix qui m'a répondu. Elle me conseillait de « me » laisser un message car je n'étais pas disponible. J'ai frôlé la crise de nerfs. Sans réseau, c'est vraiment l'horreur ! Donc Tom, c'est un peu moi.

Malgré tout, sur cette question du portable, j'ai des choses à dire. Et le roman, avec son éventail de personnages, de situations, de lieux, de tons – joie ou gravité, réflexion ou légèreté –, est un moyen privilégié d'aborder ces « sujets qui fâchent ».

Tout écrivain nourrit un rêve pour son livre. Le mien est facile à deviner : que mes jeunes lecteurs, le temps de leur lecture, en oublient leur portable !

Irène Frain

MIXTE
Papier issu de sources responsables
FSC® C118234

ISBN : 978-2-8096-6198-9

Dépôt légal : juin 2018

Imprimé en Bosnie-Herzégovine
par GPS sur des papiers issus de forêts gérées durablement.

Mise en page par François Egret pour Amulette.fr,
correction de Judith Nouvion ;
IGS pour la photogravure.